書下ろし

怨恨（えんこん）

遊軍刑事（デカ）・三上謙（みかみけん）

南 英男

祥伝社文庫

目次

第一章　美人社長の死

1

しどけない姿の女が後ろ向きになった。

ストリッパーだ。舞台には、スポットライトしか灯（とも）っていない。

渋谷（しぶや）の道玄坂（どうげんざか）にあるストリップ劇場だ。二月上旬の夜である。外は小雪がちらついていたが、場内は熱気で汗ばむほどだった。

三上謙（みかみけん）は最前列の椅子（いす）に腰かけていた。

およそ五十席のシートは埋まっている。中高年の男性客が圧倒的に多い。エプロンステージの近くには、客になりすました三人の同僚刑事が坐っている。摘発に着手する予定だ。

円錐形の光の底で妖しく腰をくねらせている踊り子は、日本人ではない。コロンビア人だった。

カテリーナという芸名で、二十三歳である。スペイン人の血が濃いようだ。瑞々しい肌は抜けるように白い。ただ、肌理は粗かった。

三上は渋谷署の刑事である。三十八歳で、職階は警部補だ。生活安全課防犯係の一員で、ストリップ劇場の本番ショー、売春クラブ、危険ドラッグなどの取り締まりに当たっている。いわゆる風俗刑事だ。

三上は、去年の九月まで警視庁捜査一課強行犯殺人犯捜査第四係の主任だった。敏腕刑事として、その存在を知られていた。

だが、人生には落とし穴があった。池袋署に設置された中国人マッサージ嬢殺害事件の捜査本部に出張った際、上司だった管理官を跳ね腰で投げ飛ばしてしまったのだ。

その管理官は国家公務員総合試験に合格した警察官僚で、所轄署の刑事たちを露骨に見下していた。三上は義憤に駆られ、高慢な上司を痛めつけたのである。思い上がった人間は大嫌いだった。軽蔑もしている。

三上は大人げないことをしたと思ったが、特に後悔はしなかった。約二十七万人の警察組織を支配しているのは、五百数十人のキャリアだ。

一般警察官がエリートの有資格者に乱暴なことをした。むろん、ペナルティーを科せられることは覚悟していた。人事異動で、三上は渋谷署生活安全課に左遷された。しかも、平刑事に降格だった。

世田谷区内で生まれ育った三上は都内の名門私大を出て、警視庁採用の一般警察官になった。上昇志向はなかったが、一年の交番勤務を経ただけで、神田署刑事課強行犯に転属になった。刑事には漠然と憧れていた。素直に喜んだ。

その後、三上は三つの所轄署を渡り歩き、二十八歳で本庁勤務を命じられた。それ以来、一貫して殺人捜査に携わってきた。

身から出た錆とはいえ、所轄署に飛ばされたことはショックだった。しかし、依願退職する気はなかった。刑事を天職と思っていたからだ。

渋谷署に移って間もなく、三上は神谷良次署長に呼ばれた。五十四歳の神谷はノンキャリアながら、かつては本庁捜査一課の管理官を務めた人物だ。ノンキャリアの星だった。

神谷は三上が風俗刑事でくすぶっているのは警察の損失だと煽て、署長直属の遊軍刑事にならないかと打診してきた。

三上は二つ返事で快諾した。こうして生活安全課に籍を置いたまま、殺人事件の支援捜査に従事するようになったわけだ。

三上は、これまでに三件の殺人事件を解決に導いた。だが、表向きは彼の手柄にはなっていない。非公式の助っ人要員の宿命だろう。

三上の裏捜査のことは、署長、副署長、刑事課長、生活安全課長の四人だけしか知らない。遊軍刑事に抜擢されたからといって、特別手当が支給されているわけではない。

特典は、拳銃の常時携行を特別に認められていることだろう。加えて専用の覆面パトカーも貸与されている。プリウスだが、警察無線はパネルで隠されていた。もちろん、特別仕様車だ。

三上は男臭い顔立ちで、上背もある。柔道と剣道はそれぞれ三段だった。射撃術は上級だ。

大学時代はボクシング部に所属していた。三年生のとき、ウェルター級の学生チャンピオンに輝いた。右フックは必殺パンチだった。プロ入りを勧められたほどだ。

BGMが『ハーレムノクターン』に変わった。煽情的なサックスの音が高まると、観客が静まり返った。

カテリーナが張りのあるヒップを淫らにくねらせながら、スパンコールで光る小さなバタフライを足首に落とした。客の男たちがざわめく。

揺れる白い尻がなまめかしい。生唾を溜めた男もいそうだ。ウエストのくびれが深い。

腰の曲線は悩ましかった。

カテリーナは、素肌に透け透けのベビードール風のナイトウェアをまとっている。内偵で、カテリーナのショーの進行手順はわかっていた。

最初にセクシーなダンスを披露し、ステージ上の中央でパンティーを脱ぐ。それからターンして、エプロンステージの端まで歩を運ぶ。乳房は初めから剝き出しだ。

性器はナイトウェアの裾で巧みに隠し、客を焦らしに焦らす。むろん、演出だ。カテリーナの地毛は黒色だが、セミロングの髪はブロンドに染められている。恥毛も蜂蜜色だ。

カテリーナはエプロンステージに身を横たえ、切なげな表情で自分の体を慰める。その後、大きく開脚して秘めやかな部分を客たちに晒す。

二千円でインスタントカメラを借りたかぶりつきの客には、合わせ目を指で押し拡げて襞の奥まで覗かせる。その瞬間、シャッターが切られることが多い。

やがて、カテリーナは舞台の中央に戻り、ハードマットレスを敷く。その上で、客の男と交わる段取りだ。俗に〝マナ板ショー〟と呼ばれる本番ショーは、劇場の売りになっていた。生のファックシーンを観たくて入場した者が大半なのではないか。

ストリッパーが性器を露出した時点で、摘発の対象になる。同僚たちは手入れの準備をしているにちがいない。

三上自身は、この種の摘発には熱心ではなかった。ストリッパーたちのいかがわしい行為は間違いなく法に触れている。

しかし、被害者がいるわけではない。個人的にはストリッパーや劇場主を罰する必要はないと考えている。摘発を重ねても、どうせ同じことが繰り返されるのは明白だ。

防犯係は、ほかにやらなければならないことがある。ストーカーに悩まされている女性たちを護ることが先ではないか。薬物の密売ももっと厳しく取り締まるべきだろう。

カテリーナが観客たちに色目を使いながら、エプロンステージに横たわった。豊満な乳房をまさぐり、股間に指を這わせる。

同僚刑事たちが目配せし合った。

ちょうどそのとき、場内が真っ暗になった。劇場支配人が手入れの気配を感じ取って、照明を落としたようだ。前例があった。

「おーい、どうしたんだよ⁉」

客のひとりが大声を発した。すぐに誰かが応じる。

「手入れがあるんじゃないの？」

「そうかもしれないな。みんなで、お巡りを締め出そうや」

「賛成！」

場内が騒然となった。カテリーナが身を起こし、焦って舞台の袖に引っ込む。同僚たちは、まだ証拠写真を撮っていない。摘発は難しくなった。

客たちが次々に出入口に走る。三上は椅子から立ち上がったが、誰にも声をかけなかった。

数分後、場内の電灯が点いた。

残っている客は数人だった。場内アナウンスが流れ、ほどなくカテリーナのショーが再開されると告げた。居残った数人の客は一様に戸惑った顔つきだった。

摘発の指揮を執っていた三十三歳の巡査部長が無言で出入口を指さした。三上たち四人は少しずつ間を取りながら、さりげなくストリップ劇場を出た。

二台の覆面パトカーは、近くの円山町の外れの路上に駐めてある。スカイラインとレガシィだ。

四人は二台の車に分乗した。

署はＪＲ渋谷駅の斜め前にある。明治通りに面していた。わずか六、七分で、渋谷署に着いた。

三上たち四人は、地下車庫からエレベーターで三階に上がった。

生活安全課の刑事部屋に入ると、城戸正則課長が三上を手招きした。どうやら署長の特命指令が下ったらしい。三上は課長席に足を向けた。

「ご苦労さん！　車で移動中の宇崎巡査部長から摘発を中止したという報告があったよ」

城戸が部下を犒った。四十六歳だが、まだ若々しく見える。童顔のせいだろう。職階は警部だった。

「そうですか。劇場側に手入れを見抜かれてしまったんでしょう」

「そういうこともあるよ。気にしないでくれ」

「はい。署長から召集がかかったんでしょうか？」

三上は訊いた。

「そうなんだ。きみが戻ったら、署長室に来るようにとのご指示だった」

「わかりました」

「三週間あまり前に管内で美人ブライダルプランナーが殺害されて、渋谷署に捜査本部が立ったよな？」

「ええ」

「しかし、まだ容疑者の特定には至ってない。その支援捜査に駆り出されたんだろう。部下たちには、いつものように病欠ということにしておくよ」

城戸が小声で言った。

三上は特命が下るたびに持病の喘息（ぜんそく）が悪化したという口実で、生活安全課には顔を出していない。そのため、同僚たちには頼りにならないと思われている。〝弱っちい奴〟と陰口もたたかれていた。

三上は刑事部屋を出て、エレベーターで一階に下った。署長室は奥まった場所にある。

三上は署長室のドアをノックして、大声で名乗った。あたりに人影はなかった。

神谷署長の声で応答があった。三上は入室した。

署長室は割に広い。窓寄りに大きな執務机（しつむづくえ）が置かれ、ほぼ中央に八人掛けのソファセットが据（す）えられている。ソファは総革張りだ。

神谷はコーヒーテーブルを挟（はさ）んで、刑事課長の伏見晴敏（ふしみはるとし）警部と向かい合っていた。

伏見は四十九歳だ。二十代のころから捜査畑を歩いてきた。色が浅黒く、東南アジア人によく間違えられるらしい。

「また三上君の力を借りることになったんだ。このところ毎月、動いてもらってるな。ま、掛けてくれないか」

署長の神谷警視正が言った。

三上は一礼してから、伏見刑事課長の隣のソファに腰を落とした。神谷署長が幾分、前屈（まえかが）みになった。

「一月十四日の夜、村瀬茜という三十六歳のブライダルプランナーが宮益坂の自分のオフィスで絞殺された事件は記憶に新しいだろう？」

「ええ。確か凶器は、革紐と断定されたんでしたよね？」

「そうなんだが、事件現場には遺されてなかったんだよ。金品は奪われてなかったし、被害者は性的な暴行も受けてない」

「報道によると、怨恨による犯行のようですが……」

「その線が疑われたんで、渋谷署の強行犯係と本庁捜一の殺人犯捜査六係は鑑取りに力を入れてみたんだが、容疑者の絞り込みはできなかった」

「疑わしい人物は何人か捜査線上に浮かんだんだが、いずれもシロだったんだよ」

伏見が署長の言葉を引き取った。

「本庁の六係は優秀な連中ばかりですし、伏見さんの部下たちも有能です。捜査に手落ちはなかったんでしょう」

「そう思いたいが、捜査に甘さがあったのかもしれないな。それだから、きみに支援捜査をしてもらいたいと署長に申し出たんだよ」

「そうですか。初動と第一期捜査の事件調書を読ませてください」

三上は促した。伏見が卓上の黒いファイルを引き寄せる。

三上はファイルを受け取って、表紙とフロントページの間に挟まれた鑑識写真の束を手に取った。その大半は、遺体をさまざまなアングルから撮影したものだった。

被害者の美人社長は、事務机と応接ソファの間に俯せに倒れている。それが発見時の姿だ。

仰向けにされた写真も数葉あった。首には、索条痕がくっきりと彫り込まれていた。口は半開きだった。眉根は寄せられ、顔全体が歪んでいる。いかにも苦しげな死顔だ。

加害者は女社長の背後から革紐を首に回し、一気に引き絞ったのだろう。茜は尿失禁していた。

三上はすべての鑑識写真に目を通すと、捜査資料をじっくり読みはじめた。

事件現場は、渋谷一丁目にある雑居ビルの四階の『フォーエバー』の事務所内だった。殺された村瀬茜は五年前にブライダルプランニング会社を設立し、空中結婚式、海底結婚式、街頭結婚式などユニークな挙式をプロデュースしていた。社員は十三人で、去年の年商は一億円に満たない。

それでも、被害者は贅沢な暮らしをしていた。借りていた神宮前のマンションは2LDKで、家賃は四十万円近かった。愛車はポルシェだった。

初動捜査で、茜がダーティー・ビジネスで副収入を得ていたことが明らかになった。

女社長は実弟の村瀬雅也、三十三歳に『女子高生お散歩クラブ』なる売春組織を運営させて荒稼ぎしていた。現役女子高生にリッチな中高年男性を斡旋し、九十分コースで十万円ものプレイ代を取っていた。

登録していた女子高生は、驚くことに百三十二人だった。良家の子女も少なくなかった。稼ぎ頭は、月に百五十万円前後も稼いでいた。少ない者でも、売春で三、四十万円を得ていたと記述されている。

オーナーは、売春代金の四割を搾取していた。本業は不振でも、違法ビジネスで大きな利益を捻り出していたことになる。

さらに村瀬茜はブラックジャーナリストの篠誠、四十四歳とつるんで企業恐喝を働いていた。とんでもない悪女だったと言えるのではないか。

茜は去年の初冬から分け前を巡って、篠と揉めていた。また、みかじめ料を払わないことで、暴力団から脅迫されていた事実も第一期捜査で判明した。

茜は自分の会社のビデオカメラマンの木滑春馬、二十七歳をセックスペットにしていた。しかし、木滑は女社長に隠れて二十三歳の美容師とも交際していた。そのことが原因で、被害者は人前で木滑をしばしば罵倒していたらしい。

三上は肝心なことを頭に刻みつけた。

事件通報者は、被害者の実弟だった。一月十四日の午後十時から姉に連絡がつかなくなったことに厭な予感を覚え、村瀬雅也は翌十五日の午前八時過ぎに先に姉の自宅マンションを訪れた。預かっていたスペアキーで茜の部屋に入ってみたが、誰もいなかった。

村瀬は姉の会社に回った。ドアは施錠されていなかった。恐る恐る『フォーエバー』に足を踏み入れると、姉の死体が転がっていた。

遺体はいったん渋谷署に安置され、その日の午後に東大の法医学教室で司法解剖された。

死因は絞頸による窒息死だった。死亡推定日時は、一月十四日の午後十時から同十一時半の間とされた。

捜査本部は、真っ先にみかじめ料の件で対立していた暴力団『天竜会』を怪しんだ。宇田川町一帯を縄張りにしている愚連隊系の組織は、高級少女売春クラブのオーナーだった被害者に月十万円のみかじめ料を払えと迫った。

だが、女社長は要求を拒んだ。そのことで、村瀬姉弟は何回も脅迫電話を受けていたのである。

しかし、『天竜会』の中に疑わしい者はいなかった。次に捜査本部は、ブラックジャーナリストの篠誠の身辺を調べた。だが、疑わしい点はなかった。

被害者のセックスペットだった木滑春馬も、捜査対象者になった。木滑の事件当夜のアリバイは完璧だった。

「事件調書を読んで臭いと直感した者はいるかね？」

神谷が三上に問いかけてきた。

「いいえ」

「そうか。捜査本部がマークした連中は実行犯じゃなさそうだが、第三者に村瀬茜を葬らせた疑いはあるんじゃないか？」

「その疑いはゼロではありませんね。疑惑を持たれた者たちを調べ直してみます」

「そうしてくれないか。専用の捜査車輌は今夜から自由に使ってくれ」

「そうさせてもらいます」

三上は駒沢の賃貸マンションで暮らしている。マイカーは所有していないが、署長直属の遊軍刑事になったときに一台分の駐車スペースを確保してあった。その賃料は三上が立て替える形になっていたが、ちゃんと官費で賄われている。

「明日から動いてもらえるね？」

「そのつもりでいます」

「三期に入る前に片をつけてほしいんだが、決して無理はしないようにな」

「わかりました」

「三上君、よろしく頼むよ」

神谷署長が言って、伏見刑事課長に合図を送った。伏見がうなずき、懐から分厚く膨(ふく)らんだ茶封筒を取り出した。

「当座の捜査費だよ。ちょうど百万円入ってる。いつものように領収証は必要ない。足りなくなったら、すぐに補充するよ」

「その節はよろしくお願いします」

「拳銃保管庫に行けば、係の者がシグ・ザウエルP230と予備のマガジンクリップを出してくれるはずだよ。もう話は通してあるんだ」

「助かります。では、お預かりします」

三上は札束入りの封筒を受け取ると、黒いファイルを摑(つか)んで腰を浮かせた。

2

防臭剤の匂いが蟠(わだかま)っている。

かつて『フォーエバー』のオフィスだった空き室だ。三上は、がらんとした室内を見回した。特命が下された翌日の午前十時半過ぎである。

殺人事件の痕跡はまったくうかがえない。三上は事件現場で何か手がかりを得たいと考えていたわけではなかった。殺人現場を臨むことで、自分を奮い立たせたかったのだ。

「綺麗なもんですよね。でも、新たな借り手はいないんですよ」

かたわらで、不動産管理会社の若い男性社員がぼやいた。細島という姓で、二十代半ばだった。

「このビルのオーナーは、とんだ災難だったね。入居してた会社の女社長が絞殺されたわけだから」

「オーナーだけではなく、当社も迷惑してますよ。オーナーと相談して、この部屋の家賃を三割も安くしたのに、内覧希望者でさえゼロなんです」

「事件が起こって、まだ一カ月も経ってないからね。もうしばらく借り手は見つからないかもしれないな」

「フロアが血の海になったわけじゃないんですが、人が殺されたんで気味悪がる人が多いんでしょう」

「だろうね」

「半年も借り手が現われなかったら、オーナーは村瀬茜さんの遺族を相手取って民事裁判を起こすと言ってます。しかし、小田原の実家にいるご両親は年金暮らしで、故人の弟さんも現在は職に就かれてないようですから……」

「遺族に賠償金を払ってもらうことは難しいと思うな。立ち会ってもらって、ありがとう」

三上は細島に礼を言って、先に空き室を出た。すぐにエレベーターに乗り込み、雑居ビルを後にする。

三上は灰色のプリウスに乗り込み、宇田川町に向かった。『天竜会』の本部事務所は井ノ頭通りに面している。宇田川町交番の近くだった。

捜査本部の調べによると、村瀬姉弟に執拗にみかじめ料を払えと脅迫したのは準幹部の和久滋、三十七歳だった。恐喝と傷害の犯歴があり、捜査資料には和久の顔写真も貼付されていた。

ほんのひとっ走りで、目的地に着いた。

三上は覆面パトカーを路上に駐めた。四、五十メートル歩いて、『天竜会』の持ちビルに急ぐ。

六階建てのビルの外壁は黒色だった。異様だ。一階の窓の半分は、分厚い鉄板で覆われている。防犯カメラは四基も設置されていた。

代紋を掲げることは法で禁じられている。『天竜会』の看板は見当たらない。しかし、暴力団の本部事務所であることは一目瞭然だった。

三上は色の濃いサングラスをかけてから、インターフォンを鳴らした。

だが、応答はなかった。モニターで来訪者を観察しているにちがいない。もう一度、インターフォンを響かせる。

と、ドアが開けられた。応対に現われたのは二十四、五歳の男だった。剃髪頭で、両の眉を剃り落としている。三白眼で、唇が薄い。凶暴そうな面相だ。

「おたく、誰？」

「昔、府中刑務所で和久と同じ雑居房にいたんだよ」

三上は前科者を装った。非公式の裏捜査だ。身分を明かさないことが多かった。犯罪者、フリージャーナリスト、調査員、弁護士などに化けて情報を集めている。

「和久さんのお知り合いでしたか。兄貴は、たいてい夕方に事務所に顔を出すんすよ。多分、代々木の自宅マンションにいると思うな」

「それじゃ、和久の家に行ってみるよ」

「留守かもしれないっすから、おれが用件をうかがってもいいっすよ」

「銭になる話を持ってきたんだ。本人に直に話したいんだよ」

「そういうことなら、兄貴のマンションに行ってみてください」

相手が軽く頭を下げて、じきに引っ込んだ。和久の現住所は捜査資料に載っていた。

三上は覆面パトカーに足を向けた。十数メートル進むと、前方から生活安全課の同僚たちが歩いてきた。

二人だった。どちらも三十代の前半だ。片方は伊原で、もうひとりは安東という苗字だった。

サングラスをかけている。同僚たちと擦れ違っても、気づかれないだろう。三上は自然な足取りで進んだ。同僚たちが接近してくる。

「あれっ、三上さんですよね？」

伊原が急に立ち止まった。安東もたたずむ。まずいことになった。なんとか切り抜けなければならない。

三上は内心の狼狽を隠して、努めて平静にサングラスを外した。

「聞き込みか？」

「ええ、まあ。また、喘息の発作がひどくなったそうですね？　城戸課長から、三上さんが一週間か十日ほど休むという話を聞きました」

伊原が言った。

「そうか。みんなに迷惑をかけるな」

「三上さん、そんなこと気にしないでください。学生時代にハードパンチャーとして鳴らして柔剣道も三段だと聞いてたんで、健康そのものだと思ってたんですが……」

「おれはヘビースモーカーなんで、二十代のころから気管支と肺が弱かったんだよ。なかなか禁煙できないんで、慢性の喘息になっちまったんだろう」

三上は言って、わざと咳き込んだ。安東が口を開く。

「背中、さすりましょうか？」

「いや、大丈夫だ」

「このあたりに、いつも通ってる医院があるんですか？」

「そうなんだ。しかし、院長が急に体調を崩して臨時休診になったんだよ。調剤薬局でいつもの鎮咳剤を貰って、これから塒に帰るとこだったんだ」

三上は話を合わせた。

「大学病院で一度、精密検査を受けたほうがいいんではありませんかね。ただの慢性喘息じゃないかもしれませんよ」

「そうしたほうがいいのかな」

「ええ、そう思います。お大事に！」

安東が言って、伊原とゆっくり遠ざかっていった。

二人に裏捜査のことを気取られたのではないか。三上は何歩か前進してから、踵を返した。足音を殺しながら、二人の同僚を追う。

「本庁では凄腕だったらしいけど、毎月、何日も病欠するようじゃ、戦力にならないな。な、安東？」

「そうですね。おれたちは体力勝負ですから、病気がちな刑事は……」

「いらないか？」

「お荷物になるだけでしょ？」

「ま、そうだな」

「伊原さん、課長に元本庁の敏腕刑事はもう使えないって進言してくださいよ」

「そこまでは言えないな。次の人事異動で、おそらく三上警部補はどこかの署の交通課に飛ばされるだろう」

伊原が応じた。会話が途絶える。

三上は立ち止まって、体を反転させた。二人の同僚は、自分の別の貌を知らないようだ。三上はひとまず安堵し、プリウスに駆け寄った。

運転席に乗り込んだとき、私物の携帯電話が震動した。職務中は常にマナーモードにしてあった。

発信者は、二年前から交際している高梨沙也加だった。関東テレビの編成部員だ。三十二歳で、個性的な美人である。

沙也加は、四年前まで毎朝日報社会部の記者だった。その当時、三上は聞き込み先でちょくちょく沙也加と鉢合わせした。沙也加は仕事熱心な事件記者だったが、三年前に文化部に異動になった。

外部の圧力に屈してしまったデスクを腰抜けだと罵倒したことで、社会部にいられなくなったようだ。文化部では美術担当だったが、性に合わなかったらしい。沙也加はテレビ局に転職した。

報道部志望だったが、編成部に配属された。腐っているころに、ある酒場で偶然に二人は再会した。それがきっかけで三上は沙也加とつき合うようになり、親密な間柄になった。

彼女は週に一、二度、三上の部屋に泊まっている。単なる恋人ではなかった。沙也加は隠れ捜査の相棒でもあった。報道部から支援捜査に関わりのある情報を引き出してくれている。時には、張り込みや尾行の手伝いもしてくれていた。

「今夜、寄せ鍋でもつつかない？　食材を買い込んで、謙さんの部屋に行くわ」

「悪い！　今夜はつき合えそうもないんだ」

三上は言った。

「署長の特命が下ったのね。そうなんでしょ？」

「いい勘してるな」

「すぐにわかるわよ。だって、声が弾んでるもの」

「そうか。そっちもなんか嬉しそうだな」

「わくわくしてるわ。報道部で拾ってくれなかったわけだけど、もともとは事件記者だったでしょ？　まだ記者魂は死んでないから、謙さん、また何かこっそり手伝わせてよ」

「内緒で民間人に協力してもらってることが署長や刑事課長にバレたら、遊軍刑事でいられなくなるだろうな」

「でしょうね。でも、わたしの出番を用意してくれなかったら、謙さんのルール違反のことを渋谷署の署長に密告しちゃうわよ」

「本気なのか!?」

「冗談よ。捜査本部はブライダルプランナー殺しの事件を追ってたはずね。その支援捜査を命じられたんでしょ？」

「そうなんだ」

「うちの報道部から、それとなく情報を探り出してあげる」

「沙也加、あんまり無理をするなよ。きみが関東テレビを解雇されたら……」

「わたし、別に困らないわ。職を失ったら、謙さんに食べさせてもらうから」

「沙也加には惚れてるが、まだ結婚のことまでは考えていないんだ。殉職したら、きみを路頭に迷わせることになるからな」

「結婚願望なんかないから、安心して。謙さんとは長くつき合いたいと思ってるけど、結婚という形態には拘ってないのよ。ずっと内縁関係でもいいんじゃない？」

「いい女だ。惚れ直したよ」

「男性にとって、都合のいい女だと思ってるんじゃない？　それでも、いいわ。いまのところ、謙さんはベストなパートナーだと思ってるから」

沙也加が乾いた口調で言った。

「いまのところか」

「十年、二十年先のことまではわからないじゃない？　どっちも、もっと相性のいい相手に夢中になってしまうかもしれないから」

「正直だな、きみは。しかし、その通りだね。何十年も先のことまでは予測できないし、約束もできない」

「そうよね。それはともかく、謙さんの帰宅が遅くなっても、預かってるスペアキーで部屋に入れてもらう。かまわないでしょ？」

「もちろん！　なるべく早く帰るよ。ナニしたのは六日も前だから、きみの柔肌に触れたい気分なんだ」

「スケベ！」

「スケベな男は嫌いか？」

「興味のない好色漢は好きじゃないわ。でも、謙さんがスケベになっても、嫌いになれないわね」

「せいぜいスケベになるよ」

三上は戯れ言を口にして、通話を切り上げた。

ほとんど同時に、大学時代の後輩から電話がかかってきた。二つ年下の岩佐智史は東京地検特捜部の検察事務官で、ボクシング部で一緒だった。なぜだか気が合う。

岩佐は弁護士志望で、大学を卒業してから二年ほどロースクールに通った。司法試験に三度チャレンジしたのだが、結局、通らなかった。やむなく検察事務官になったのである。

三上は、岩佐にも支援捜査に協力してもらっていた。後輩はきわめて正義感が強く、俠気もあった。裏捜査のことを口外される心配はなかった。

「先輩、今夜あたり一杯どうですか？　大物政治家の収賄事件の有罪判決が下ったんで、祝杯をあげたい気分なんですよ。神楽坂に気の利いた小料理屋を見つけたんです。つき合ってくださいよ」

「つき合いたいが、署長の特命で今朝から動きはじめたんだよ」

「そうなんですか。いま渋谷署に置かれた捜査本部は、一月十四日に発生した女社長殺しの事件を調べてるんでしたよね？」

「ああ、そうだ。そんなことで、今夜は無理だな」

「わかりました。先輩、自分に手伝えることがあったら、いつでも遠慮なく申しつけてください」

「また岩佐に助けてもらうことがあるかもしれない。そのときは、ひとつ協力してくれないか」

「喜んで協力しますよ」

「では、またな」

三上はモバイルフォンを上着のポケットに仕舞うと、プリウスを発進させた。

和久の自宅マンションは、ＪＲ代々木駅の近くにあるはずだ。二十分そこそこで、

『代々木レジデンス』に着いた。

　六階建てで、老朽化が目立つ。三上は和久の自宅マンションの少し先の路肩に専用覆面パトカーを寄せ、懐から私物の携帯電話を取り出した。

　やくざ者を正攻法で揺さぶっても、ほとんど効き目はない。反則技を使う気になったのだ。少し後ろめたいが、やむを得ないだろう。

　三上は捜査資料でナンバーを確認してから、和久滋の携帯電話を鳴らした。スリーコールで、電話は繋がった。

「和久だ。誰だい？」

「貫目を上げたいとは思いませんか？」

「いきなり何を言いだすんでぇ」

「事情があって名前は明かせませんが、おたくに大きく儲けさせてやろうと考えてるんですよ」

「名前は言わなくてもいいから、何者か言えや。おれが『天竜会』の人間だって知ってるのかい？」

「もちろんです。こっちも堅気じゃありません。横浜の港友会に足つけてる者ですよ。ですが、間もなく足を洗うつもりです。ちょっとした事業を興す予定なんですが、資金が足りません」

「話が回りくどいぜ。用件を早く言いな」

「いいでしょう。実は、手許に純度九十九パーセントの極上の覚醒剤を三キロ持ってるんです。掛け値なしのマブネタですよ」

「フカシこくんじゃねえ。そんな極上物を本当に持ってるんだったら、てめえが売り捌けばいいじゃねえか。安く買い叩かれたとしても、二億五千万、いや、三億数千万にはなる代物だろうがよ」

「その通りですね。ですが、こっちはまだ港友会を脱けてません。個人的に手に入れた極上物ですが、自分で売したら、必ず組織の者に知られてしまうでしょう」

「ま、そうだろうな」

「実は、持ち歩いてる純度の高い覚醒剤は関東信越厚生局麻薬取締部捜査一課が押収したものなんですよ」

「本当かい⁉」

和久は驚きを隠さなかった。

「ええ。ある麻薬取締官が麻薬中毒の女性たちを無罪にしてやると騙して、さんざん体を弄んでたんです」

「悪い野郎だな」

「そうですよね。こっちは、そいつの悪行(あくぎょう)の証拠を押さえたんです。それでね、その男に押収品保管庫から極上物の覚醒剤(シャブ)を持ち出させたんですよ。『天竜会』は昔から麻薬ビジネスで大きな利益(アガリ)を得てますよね？」

「うん、まあ」

「年平均百億円は儲けてるんでしょ？」

「そんなに荒稼ぎしてねえよ。薬物(ヤク)の密売で四十億前後の粗利(あらり)は出てるがな」

「もっと多いでしょ？」

「いや、そんなもんだよ。『天竜会(うち)』は昭和二十四年に結成されたんだが、構成員は千五百人弱だからな。でっかい組織みてえに末端の密売人がたくさんいるわけじゃねえし、不良外国人グループも使ってない。捌ける量が限られてる」

「それなら、首都圏の友好組織にマブネタを少しずつ卸(おろ)せばいい。卸す量は多くなくても極上物ですから、どの組も欲しがるでしょう」

「ああ、そうだろうな」

「いま、和久さんは準幹部ですよね？」

「組織のために、おれはかなり働いてると思うが……」

「三キロのマブネタを一億三千万円で『天竜会』に譲りますよ。それで数十倍、いや、百倍も儲けられるんです。和久さんは大手柄を立てたってことで、一気に貫目は上がるはずですよ。さすがに若頭まで(カシラ)スピード出世するのは難しいでしょうが、うまくしたら、若頭補佐にはなれると思います」

「そんなに甘くねえさ。けど、幹部にはなれるかもしれねえな」

「ええ、それは間違いありませんよ。会長か若頭に(カシラ)橋渡ししてもらえませんかね？」

「悪くねえ話だが、おれがしゃしゃり出たら、幹部の何人かは不快に思いそうだな」

「そういう兄貴分たちに遠慮してたら、いつまでものし上がれませんよ」

「そうなんだけどな」

「こっちも筋者(すじもの)の端(はし)くれだから、序列の厳しさはよくわかりますよ。しかし、男稼業は貫目を上げてナンボでしょ？　大幹部にならなけりゃ、いい女は抱けないし、ベンツやベントレーにも乗れません」

三上は、和久をけしかけた。

「そうだよな。おたくが持ち歩いてるという覚醒剤(シャブ)がマブネタかどうか検査させてくれねえか」

「いいですよ。試薬液も持ってますんで、和久さん自身の目で確かめてください。白い粉を試薬に浸けたら、数秒で青色に変わるはずです」

「どっかで落ち合おうや」

和久が提案した。

「実は、『代々木レジデンス』の近くから電話してるんです」

「そうだったのか。マンションの玄関はオートロック・システムになってねえから、勝手にロビーに入ってくれや。それでさ、エレベーターで五階に上がってくれねえか」

「部屋は五〇一号室でしたね？」

「そこまで調べ上げてやがったのか」

「和久さんを窓口にして三キロのマブネタを『天竜会』に買ってほしいと思ったんで、取引先のことをよく調べさせてもらったんですよ」

「取引先か。面白いことを言うじゃねえか」

「和久さん、自宅には誰もいませんよね。弟分が何人かいて、大事な極上の覚醒剤（シャブ）を奪われたんじゃ、泣くに泣けませんからね」

「おれひとりだよ。早く来てくれ」

「すぐにお邪魔します」

三上は終了キーを押し、ほくそ笑（え）んだ。こんなにもたやすく罠に嵌（は）まってくれるとは思わなかった。

　和久の弱みを押さえたわけだから、心理的に追い込むことはできるだろう。三上はにんまりして、プリウスを降りた。

3

　部屋を間違えたのか。

　応対に現われたのは、派手な顔立ちの女性だった。二十六、七歳だろうか。化粧が濃い。ガウン姿だ。

　三上は部屋番号を目で確かめた。間違いなく和久の部屋だった。自宅には誰もいないと言っていたのが、どういうことなのか。

「あなたは、和久さんの奥さんなのかな？」

「彼女ってとこね。春菜です」

「和久さんは？」

「トイレに入ってるの。急にお腹が痛くなったらしいんですよ。上がって待っててほしいとのことだったわ。どうぞお入りください」

春菜と名乗った女が言って、スリッパラックに手を伸ばした。

三上はアンクルブーツを脱いで、ボアのスリッパを履(は)いた。春菜に導かれて、居間に入る。間取りは１ＬＤＫだった。リビングの右手に寝室があった。リビングの左手はダイニングキッチンになっている。

「あなた、三キロのマブネタを持ってるんですってね？」

「和久さん、お喋(しゃべ)りだな」

三上は苦く笑った。

「あなた、命知らずなのね。まだ堅気になったわけじゃないのに、個人的なシノギのことがバレたら……」

「消されちゃうかもしれないな。リスキーだが、どうしても事業資金が欲しいんだよ」

「それにしても、大胆だわ。ところで、売り値を一億にしてもらえない？　三キロのマブネタを安く手に入れたら、和久さんはきっと大幹部になれるわ」

「値は下げられないな」

「そう言わないで、もっと負けてよ。値引きしてもらう分、ベッドでたっぷりサービスするからさ」

春菜が艶然(えんぜん)とほほえみ、手早くガウンのベルトをほどいた。一糸もまとっていない。春菜がガウンを肩から滑らせた。

白い裸身が目を射る。乳房は砲弾のような形をしていた。飾り毛は小さく刈り揃えられている。むっちりとした腿が悩ましい。

「寝室に行きましょう。和久さんに頼まれたのよ、あなたを娯しませてくれってね」

「ナイスバディだが、三千万円の価値はないんじゃないのかな」

「試してみてよ。わたし、名器の持ち主だと何人もの男性に言われたわ。多分、抜かずにダブルが利くはずよ。早くベッドに……」

「せっかくだが、遠慮しておこう」

三上は首を振った。春菜が抱きついてくる気配をうかがわせた。

とっさに三上は数歩退がった。

そのとき、背後に誰かが忍び寄ってきた。振り向く前に、三上はひんやりする物を首筋に押し当てられた。

感触で、短刀の刀身だとわかった。春菜が薄ら笑いを浮かべて、足許のガウンを拾い上げる。罠だったわけだが、見抜けなかった。

「おまえは寝室に入ってろ」

後ろで、和久が春菜に言った。春菜がガウンを羽織り、ベッドルームに消えた。ドアはすぐに閉ざされた。

「汚いことをやるな」

「頸動脈を掻っ切られたくなかったら、三キロのマブネタを寄越すんだな。個人的なシノギをやろうとしてたことは港友会には黙っててやらあ」

「本当は品物は持ち歩いてないんだよ」

三上は、せせら笑った。

「なんだと!?　三キロの極上物はどこにあるんでえ？」

「それを教えるほどとろくないよ」

「くそっ！　首から血をしぶかせるぞ」

「おれを殺っても、マブネタはそっちの手には渡らない。殺し損になるぜ」

「くそ、おれの負けだ。三キロの覚醒剤は『天竜会』が一億三千万で買うよ。若頭を説得して金は必ず用意すらあ。それで、文句ねえだろうが。え？」

和久が刃物を首から少し離した。反撃のチャンスだ。

三上は右の踵で和久の右脚の向こう臑を打ち、前に跳んだ。体の向きを変え、和久の顔面に右のフックを浴びせる。

相手の肉と骨が鈍く鳴った。湿った毛布を棒で叩いたような音だった。

和久は突風を喰らったように体を泳がせ、フロアに横倒れに転がった。短刀は握ったままだった。

三上は踏み込んで、和久の喉仏のあたりを蹴りつけた。

刃物が手から零れる。和久が体を縮め、体を左右に振った。唸り声は長く尾を曳いた。

三上は短刀を摑み上げ、和久の半身を引き起こした。刃先を和久の喉元に密着させたとき、寝室のドアが開いた。

「和久さん、大丈夫？　いま、『天竜会』に電話して誰かを呼ぶわ」

「余計なことをすると、和久を殺っちまうぞ」

三上は春菜を睨みつけた。春菜が怯え、目を逸らす。

「どこにも電話するな。いいなっ」

「わ、わかったわ」

「寝室にCDミニコンポはあるかい？」

「ええ、あるわ」

「だったら、ヘッドフォンをつけて何か好きな音楽でも聴いてろ」

「和久さんをどうする気なの？」

「場合によっては少し痛めつけることになるが、殺しはしないよ」

「お願いだから、殺さないで。和久さんはいろんな人に怖れられてるけど、わたしには優しくしてくれてるの」

「いいから、言われた通りにするんだっ」

三上は声を張った。春菜が黙ってうなずき、寝室のドアを閉ざした。

「本当にマブネタは『天竜会』で引き取るから、勘弁してくれねえか」

「極上の覚醒剤を持ってるという話は嘘だよ」

「えっ!?　なんだってそんな作り話なんかしたんでえ。わからねえな」

和久が小首を傾げた。

「そっちと差しで話がしたかったんだよ。おれはヤー公じゃない。強請屋さ。そっちの弱みを知ってるんで、口止め料をせしめる魂胆なんだよ」

「おれの弱みだって？」

「そうだ。そっちは村瀬茜が実弟に『女子高生お散歩クラブ』という高級少女売春クラブを管理させてることを知って、村瀬姉弟に月々十万円のみかじめ料を払えとしつこく迫ってた。だが、どちらも要求に応じなかった。そうだな？」

「『天竜会』の縄張り内で売春をしてやがったんだから、挨拶に来るのが仁義じゃねえか。相手が素人だって、それは当たり前のことだぜ。けど、あの姉弟は無視しつづけてやがった。やくざが堅気になめられたら、示しがつかねえ」

「だから、村瀬姉弟を脅迫するようになったわけか」

「そうだよ。それでも、あいつらは頑としてみかじめ料を払わなかった。やくざも、なめられたもんだぜ」

「そっちは頭にきて、村瀬茜を亡き者にする気になったのか？」

「おい、待てや。みかじめ料の件で警察もおれを疑ったようだが、事件当夜、おれは東京にいなかったんだ。会長と兄弟盃を交わしてる叔父貴が亡くなったんで、広島で営まれた通夜に参列してた」

「そのことはわかってる。それで、警察はそっちをシロと断定した」

「ああ、そうだよ。生意気な女社長を犯してから八つ裂きにしてやりたいと思ってたよ。けど、殺人は割に合わねえ。だから、おれは一月十四日の事件には絡んじゃねえって」

「そっちには完璧なアリバイがあるわけだから、実行犯じゃないことはわかる。しかし、男稼業を張ってる人間が堅気の姉弟に虚仮にされたんだ」

「何が言いたいんでえ？」

「自分の手は汚さなくても、誰かに村瀬茜を片づけさせたとも考えられる。おれは、そっちがある奴に女社長殺しを依頼したときの録音音声を手に入れたんだよ。そのメモリーを五百万で売ってやってもいい」

三上は際どい賭けに出た。

「はったり嚙ませやがって。おれは誰にも女社長を始末してくれなんて頼んじゃいねえぞ」

「空とぼける気なら、そっちとの録音音声を警察に提供することになるぜ。そっちはマブネタの話に引っかかって、取引する気になった。録音音声を聴いたら、渋谷署の生安課は『天竜会』を手入れする気になるだろう」

「てめえ、通話をそっくり録音してやがったのかっ」

「そういうことだ。生安課の手入れを喰ったら、そっちは何らかの責任を取らされるだろうな。小指を飛ばすだけでは済まないと思うぜ。下手したら、死人にされるかもしれないな」

「電話の録音音声のメモリーは買い取ってもいいよ。けど、おれは誰にも村瀬茜は殺らせちゃいねえって」

和久が訴えるように言った。演技をしている様子ではなかった。捜査本部事件では、和久はシロだという心証を得られた。

「おれは、ヤー公の言葉は信じないことにしてるんだ」

「嘘じゃねえって。通話内容を録音したやつを百万で売ってくれや」

「そんな安い値じゃ譲れないな。二、三日経ったら、また電話する。三百万以下じゃ、録音音声のメモリーは渡せない。とにかく、商談は後日にしよう」

三上は短刀を遠くに投げ放ち、和久を突き倒した。和久が前のめりに倒れ、短い呻き声を洩らす。

三上は和久の部屋を出て、エレベーターホールに向かった。『代々木レジデンス』を後にして、ビデオカメラマンの木滑春馬の自宅アパートに急ぐ。

女社長のセックスペットだった木滑は『フォーエバー』がなくなってから、職探しに励んでいるようだ。自宅アパートは東急東横線の武蔵小杉にある。

木滑の自宅を探し当てたのは、正午過ぎだった。昼食時だ。訪問するのはためらわれた。

三上は車を数百メートル走らせ、ファミリーレストランで昼食を摂った。和風ハンバーグを平らげ、コーヒーを追加注文する。

三上はゆったりと紫煙をくゆらせて、午後一時過ぎに店を出た。プリウスに乗り込み、木滑の住むアパートに引き返す。

軽量鉄骨造りのアパートの外壁は、ペパーミントグリーンとオフホワイトに塗り分けられていた。入居者は若い世代が多いのではないか。

三上はアパートの前にプリウスを停めた。捜査資料のファイルを開いて、事件調書を読み返す。

ハンサムな木滑は被害者に気に入られて、一年数カ月前に〝若いツバメ〟になった。月に三、四度、茜の自宅マンションに通って、ベッドパートナーを務めていた。

木滑の供述によれば、女社長は並の口唇愛撫だけではなく、必ず足の指を一本ずつしゃぶることを強いたらしい。三度は求められて、応えられなかったときは顔面を乱暴に踏みつけられたという。茜はサディストだったのか。

木滑は茜を抱くたびに、数十万円の小遣いを渡されていた。ブランド物の服や腕時計もプレゼントされた。

だが、女社長は木滑に若い交際相手がいるとわかったとたん、態度を一変させた。職場で木滑をホスト以下だと罵り、買い与えた物を返却しろと喚いたようだ。その上、土下座して詫びなければ、即刻、解雇するとも言い放ったらしい。

木滑は下唇を噛み締めながらも、女社長の機嫌を取り結んだ。男が同僚たちの目の前で土下座させられたのは、さぞ屈辱的だっただろう。茜に殺意を懐いても不思議ではない。

だが、木滑自身が茜を殺害していないことは裏付けられている。事件当日、木滑は交際中の根岸未来、二十三歳と金沢に出かけて有名ホテルに泊まっていた。

しかし、第三者に村瀬茜を絞殺させた疑念は払拭できない。

惨めな思いをさせられたら、相手に対する憎しみや恨みは募る一方なのではないか。そう考えると、木滑が代理殺人を企んだ疑いは捨て切れない。

三上は覆面パトカーを降り、『武蔵小杉コーポラス』の敷地に入った。階段を駆け上がって、二〇二号室のインターフォンを鳴らす。

少し待つと、男の気だるげな声がスピーカーから聞こえた。

「新聞の勧誘なら、お断りします。目下、失業中なんですよ」

「フリージャーナリストの帆足僚という者です」

三上は偽名を使った。必要に応じて、各種の偽名刺を用いていた。たいがい連絡先はでたらめだった。ただ、実在する団体を騙ったことはない。

「ご用件は？」

「あなたが勤めてた『フォーエバー』の村瀬茜社長が先月十四日の晩、宮益坂のオフィスで殺されましたでしょ？」

「その件でしたら、何も話すことはありません。お引き取りください」

「警察は、まだ木滑さんのことを疑ってるようですよ」

「嘘でしょ⁉　ぼくは何回か事情聴取されたけど、事件当日は東京にいなかったんです。そのことが立証されたんで、捜査本部の人はぼくが犯人ではないと納得してくれたんですよ」

「れっきとしたアリバイがあるんで、実行犯ではないと捜査当局は判断したんでしょうね。しかし、それで安心してはいけないな」

「なぜ疑われなきゃならないんです？　冗談じゃありませんよ」

木滑が興奮気味に言って、ドアを押し開けた。目鼻立ちは整っていたが、無精髭で冴えない印象を与える。

「寒いから、ちょっとお邪魔させてもらうよ」

三上はくだけた口調で言って、抜け目なく三和土に身を滑り込ませた。木滑は迷惑顔だったが、何も言わなかった。

三上は、偽名刺を部屋の主に手渡した。木滑は、ろくに名刺を見なかった。

「きみの知り合いに前科歴のある者がいるんじゃないのか？」

三上は誘い水を撒いた。

「幼馴染みに殺人未遂で捕まった男がいるけど……」

「それで、わかったよ。警察は、きみがその前科者に村瀬茜を片づけさせた可能性もあると考えはじめたんだろうな」

「子供のころはよく遊び回ってたけど、別々の高校に進んでからは疎遠(そえん)になったんですよ。幼馴染みがパワハラで悩まされた末に、恨みのある上司の頭をスパナでぶっ叩いて逮捕されたのも、テレビのニュースで知りました。幼馴染みは本気で上司を撲殺する気はなかったんでしょう。本当に殺す気でいたんなら、大型スパナか金属バットを凶器にしてるでしょうからね」

「その彼は、上司のパワハラで悩んでたのか。なら、きみに同情しそうだな。きみは女社長の若いツバメなのに、美容師の根岸未来さんとこっそりつき合ってたよな？」

「警察関係者ではないのに、そんなことまで知ってるのか!?」

木滑が目を丸くした。

「ほかにも知ってるよ。きみは根岸さんと交際してることを女社長に知られて、職場で土下座させられた」

「誰から聞いたんですか!?　『フォーエバー』の元同僚の誰かが、あなたに教えたんだろうな。そうなんでしょ？」

「ニュースソースは明かせない。明かすのは、情報提供者に対する裏切り行為だからね」

「そうなんですが……」

「土下座しなければ、解雇すると言われたんだってね。惨めだったろうな。女社長にかわいがってもらってたとはいえ、辛かったと思うよ。きみは下唇をきつく嚙みながら、土下座をしたんだって？」

「そうでしたけど、ぼくは前科歴のある幼友達に茜さんを殺してくれなんて頼んでませんよ。天地神明に誓えます」

「きみの彼女は、女社長との爛れた関係のことを知ってるのかな。きみがセックスパートナーを務めるために神宮前の社長宅に月に三、四度通って、女パトロンの足の指までしゃぶって奉仕してたことを知ったら、幻滅するだろうね。イケメンのきみでも、フラれちゃいそうだな」

「ぼ、ぼくを威してるんだな。未来にぼくの秘密を話したら、ただじゃおかないぞ。ぼくは将来、彼女と結婚したいと思ってるんだ。かけがえのない娘なんですっ」

「くどいようだが、もう一度訊く。きみは本当に女社長を誰にも殺らせてないんだな？」

「茜さん、いや、茜なんか殺す値打ちもありませんよ。彼女は美人だったけど、欲が深いんです。会社が赤字つづきだったんで、実弟に『女子高生お散歩クラブ』という高級少女売春クラブを管理させて、荒稼ぎしてたんですよ」

「そのことは知ってる」

「そうなんですか。それから村瀬茜はブラックジャーナリストの篠誠って奴と組んで、企業不正や重役の女性スキャンダルを恐喝材料にして多額の口止め料をせびってたんですよ。詳しいことはわかりませんけど、そのことは確かです。茜自身が直(じか)に話してくれましたんで。本業がずっと赤字でも、倒産するようなことはないと言い切ってましたよ。その気になれば、金を引っ張れる相手が何十人もいたんでしょう」

「篠誠も捜査当局にマークされてたことは知ってるんだ。しかし、篠はシロと断定された。それで、企業恐喝の件も処分保留で釈放された。おそらく被害者側が被害事実を認めなかったんで、起訴されなかったんだろう」

「そうなんでしょうね」

「村瀬茜と篠誠が分け前のことで揉めて、だいぶ前から仲違(なかたが)いしてるって情報が耳に入ってるんだが、そのあたりのことを知らないかい？」

三上は問いかけた。

「そういえば、茜が言ってました。篠誠は茜に黙って、『女子高生(JK)お散歩クラブ』に登録してる少女たちを抱いた富裕層の男たちから個人的に口止め料を脅し取ってるんだとね。すごく怒って縁を切るつもりだとも言ってましたよ」

「そう」

「茜は少女売春クラブの客たちを強請ってるブラックジャーナリストに自滅覚悟で二人で組んで働いた企業恐喝のことを捜査機関にリークすると威しをかけたんじゃないのかな」

「きみの推測通りなら、篠誠が殺し屋を雇って村瀬茜を片づけさせたかもしれないな。ブラックジャーナリストにもアリバイがあるんで、捜査対象者から外されたようなんだ」

「そうなのか。ぼくはブラックジャーナリストが怪しいと思いますね」

木滑が言った。

「被害者と弟の雅也の関係はどうだったのかな？」

「姉弟は仲がよかったですよ。デザイン会社をわずか数年で潰した弟はまったく商才がなかったみたいで、茜のアイディアに感心して素直に指示に従ってましたね」

「そうか。村瀬雅也は結婚してるはずなんだが、きみは妻の真理とは面識があるのかな？」

「いいえ、ありません」

「女社長が生前、義理の妹の悪口を言ったことは？」

「そういうことはありませんでしたね」

「そうか。警察はきみのことをまだ疑ってるようだが、おれはシロだと確信を深めたよ。早く働き口が見つかるといいな。ありがとう！」

三上は謝意を表し、木滑の部屋を出た。

4

張り込んで間もなくだった。

ブラックジャーナリストの自宅の玄関が開けられた。姿を見せたのは、四十年配の女性だった。篠誠の妻だろう。

三上はプリウスの運転席から、港区白金台（みなとくしろかねだい）にある篠宅に目を注（そそ）いでいた。閑静な住宅街にある戸建て住宅だった。敷地は七十坪前後だろうか。カーポートには、黒いレクサスが駐（と）められている。

女は着飾っていた。どこかに出かけるらしい。

玄関のドアは施錠しなかった。どうやら篠は自宅にいるようだ。捜査資料で、夫婦に子供がいないことはわかっていた。

篠の妻らしい女性が遠のいた。

三上はサングラスをかけてから、専用覆面パトカーを降りた。篠宅の白い門扉（もんぴ）を押し開け、ポーチに駆け上がる。

三上はドアのノブに手を掛けた。ロックはされていなかった。三上は勝手に玄関のドアを開けて、三和土(たたき)に入った。

すると、玄関ホールに面した居間から篠が飛び出してきた。

「何者なんだっ。無断で他人(ひと)の家に入り込むな！」

「あんたと同じ恐喝屋だよ」

三上は言った。

「無礼なことを言うなっ。わたしは、れっきとしたジャーナリストだぞ」

「おれもフリーライターを装って、スキャンダルや犯罪を知られたくない個人や企業から口止め料をせしめてる。あんたのライバルってわけさ」

「出て行け！　帰らないと、一一〇番するぞ」

「警察の奴らが来たら、あんたも困るだろうが。あんたは一月十四日に殺された村瀬茜とつるんで、企業恐喝を重ねてた。数カ月前から分け前のことで女社長といがみ合ってたこともわかってるんだ」

「『フォーエバー』の社長とは面識があったが、彼女と組んで疚(やま)しいことなんかした覚えはないっ」

篠が顔をしかめた。平静に喋ったつもりだろうが、狼狽(ろうばい)の色は隠せなかった。目が落ち着かない。

「しらばっくれても意味ないぞ。おれは、警察関係者から確かな情報を手に入れてるんだ。渋谷署に設けられた捜査本部はあんたを怪しんだが、アリバイがあったんでシロと判談した。しかし、誰かにブライダルプランナーを片づけさせたとも疑えるわけだ」

「くだらないことを言うな。本当に警察に通報するぞ」

「こっちは別にかまわないぜ。あんたは企業恐喝を重ねてただけじゃない。女社長が弟の雅也に管理させてた少女売春クラブの客たちも強請(ゆす)ってた」

「少女売春クラブだって?」

「ああ、『女子高生(JK)お散歩クラブ』のことだよ。その売春クラブには現役の女子高生たち百数十人が登録して、富裕層のおっさんたちに体を売ってた」

「村瀬茜は、そんな裏ビジネスをやってたのか!? わたしは、まったく知らなかったよ。そう言われれば、『フォーエバー』の年商はたいしたことなかったようだな。赤字分をなんとかしなければいけないんで、少女売春で稼ぐ気になったんだろう」

「女子高生を抱いた中高年の男たちから、たっぷり口止め料をいただいたんだろ? トータルで、二億か三億は毟(むし)ったんじゃないのか。え? そういう悪事を働いてきたんで、邸宅に住めるんだろうな。まともなジャーナリストは、レクサスなんか買えないと思うよ」

「まだ、そんなことを言ってるのかっ」

「危いことをしてないんだったら、早く一一〇番しろよ」

三上は挑発した。

篠が悪態をつき、居間に駆け込んだ。警察に通報できるわけはない。篠は企業恐喝の件では起訴を免れたが、どこかの会社が被害事実を認める気になるかもしれない。

そうなったら、もはや罪を否認できなくなる。警察とは関わりたくないはずだ。

ブラックジャーナリストが玄関ホールに戻ってきた。

ゴルフクラブを握っている。アイアンだった。篠は殺気を漲らせていた。

「おとなしく引き揚げないと、その筋の人間を呼ぶことになるぞ」

「ヤー公を怕がってたら、恐喝で飯は喰えない。武闘派やくざが十人来たとしても、おれは尻尾なんか巻かないぜ」

三上は薄く笑った。篠がアイアンクラブを斜め上段に構えた。

「おれの頭を潰す気になったか」

「帰らないと、きさまは大怪我することになるぞ。それでも、いいのかっ」

「クラブを振り回したけりゃ、好きにしろや」

「ふざけやがって」

「おれをボールに見立てて、早くスイングしろよ」

三上は意図的に篠の神経を逆撫でした。

篠が険しい表情になり、ゴルフクラブを振り下ろした。空気が縺れた。ヘッドが玄関マットを叩く。

「傷害で捕まったら、恐喝のことも改めて調べられるかもしれない。それで、おれをぶっ叩けないわけか」

「本当に頭や面を血塗れにするぞ」

「それだけの度胸はないだろ、あんたにはさ」

「なめるな！」

「吼えてばかりいないで、早くクラブを思いっ切り振り下ろせよ」

三上は口の端を歪めた。

篠がいきり立ち、アイアンクラブを大上段に振りかぶった。そのまま前に踏み出し、クラブを垂直に振り下ろす。

三上はバックステップを踏んだ。クラブのヘッドが玄関タイルを砕いた。篠が口の中で呻いた。腕に痺れが走ったのだろう。

「残念だったな」

三上は冷笑した。

篠がアイアンクラブを振り回しはじめた。壁面に掛けられたリトグラフが落ち、シューズボックスの上の花瓶が砕け散った。

「遊びは終わりだ」

三上はベルトの下に挟んだシグ・ザウエルP230を引き抜き、手早く安全装置を外した。

「そ、それは……」

篠がゴルフクラブを足許に捨て、後ずさった。頰が引き攣っている。

「真正銃だよ」

「撃つな！　引き金を絞らないでくれーっ」

「両手を高く掲げるんだ。逃げようとしたら、あんたをシュートする」

三上は手早くスライドを滑らせた。初弾が薬室に送り込まれたはずだ。

篠が言われた通りにした。蒼ざめ、恐怖に戦いている。

「『女子高生お散歩クラブ』の客から、口止め料をせしめたことは認めるな？」

「それは……」

「ちゃんと答えろ！」

「七人、いや、八人から二千万円ずつ貰ったよ。社会的に成功した奴らが十代の女の子の体を弄んだことが赦せなかったんだ」

「綺麗事を言うんじゃない！　あんたは企業恐喝の分け前のことで、村瀬茜と仲違いしていた。その腹いせに、『女子高生お散歩クラブ』の客たちを強請る気になっただけだろうが。違うか？」

「ま、そうだな」

「女社長はそのことで、あんたを詰ったにちがいない。だから、あんたは自分のアリバイを用意しておいて、金で雇った奴に村瀬茜を絞殺させたんじゃないのか？」

「わたしは、そんなことさせてない。嘘じゃないよ。信じてくれ！」

「あんたの言葉を鵜呑みにはできないな」

三上は玄関マットを摑み上げ、二つに折り畳んだ。それで、銃身をすっぽりと覆う。

「玄関マットで銃声を殺す気なのか⁉」

「そうだ。急所を外して、一発撃つ。そうすれば、あんたも正直になるだろうからな」

「本当に誰にも女社長を殺らせていないよ。頼むから、撃たないでくれ」

篠が玄関ホールに正坐し、額をフロアすれすれまで下げた。全身をわななかせている。

「捜査本部事件には関わってないようだな」

「企業恐喝の件と女子高生を抱いた男たちを強請ったことは認めるよ。おたくに一億やるから、何も知らなかったことにしてもらえないか」

「あんたを丸裸にしてやるつもりだったが、気が変わった」

三上は玄関マットを上がり框に落とし、拳銃のセーフティー・ロックを掛けた。

「気が変わったって？」

「ああ。あんたのような薄汚い悪党から銭を横奪りしたら、男が廃る。あんたが強請った個人や企業にそっくり口止め料を返してやれ！」

「正気なのか⁉」

篠が顔を上げた。

「銭は大好きだが、人生はそれだけじゃないからな。一カ月以内におれの指示に従わなかったら、あんたの恐喝のことを警察関係者に教えちまうぞ。そうなったら、あんたは間違いなく服役することになるだろう」

「おたくの指示に従うから、警察に密告しないでくれないか」

「約束を破ったら、刑務所行きだぞ」

三上はシグ・ザウエルP230を腰に戻し、ポーチに出た。篠宅を後にして、プリウスに乗り込む。

被害者の実弟は、近くの恵比寿三丁目の賃貸マンションに住んでいる。三上は車を恵比寿に向けた。

目的のマンションは、恵比寿ガーデンプレイスの近くにあった。『恵比寿スカイマンション』は八階建てで、南欧風の造りだった。

三上は、村瀬雅也の自宅マンションから少し離れた路上にプリウスを停めた。エンジンを切ったとき、捜査用の携帯電話が着信した。発信者は神谷署長だった。

「早速、支援捜査に取りかかってくれてるかな？」

「ええ、動きはじめてます」

「そう。捜査本部が事情聴取した木滑春馬と篠誠は本当にシロだったんだろうか」

「その二人に鎌をかけてみたんですが、どちらもシロという心証を得ました」

「そうか。被害者はビデオカメラマンの木滑を若いツバメにしてたんだが、なかなかの美人だった。木滑をペットにする前に、特定の彼氏がいたんじゃないだろうか。これまでの捜査では、そういった人物はいなかったという報告を受けたが……」

「署長が推測した通りなら、相手の男は妻子持ちだと考えられますね。つまり、不倫関係にあったから、つき合ってることをあまり他人(ひと)には知られたくなかったのかもしれません」

「三上君、そうだったんじゃないか。村瀬茜が経営してた『フォーエバー』は設立してから、おおむね赤字だったんではないのかね。女社長は、不倫相手に運転資金をちょくちょく回してもらってたとは考えられないか？」

「それは考えられますね」

「不倫相手は何度も金を融通できなかった。それで、被害者は開き直って違法ビジネスで稼ぐ気になったのかもしれないぞ。不倫相手は茜が悪事に手を染めたことを咎めたんではないだろうか。そのことが原因で、不倫カップルは別れることになったんではないかね。三上君、どう思う？」

「ええ、そうだったのかもしれません」

「二人の仲がこじれたとき、相手の男はそれまでに茜に都合つけてあげた運転資金を全額返してくれと言ったんではないかな。金を返す気がないんだったら、少女売春ビジネスで荒稼ぎしてることをバラすぞと脅迫したんではないだろうか」

「そうなんですかね」

三上は曖昧な返事しかできなかった。署長が口にしたことは、推測の域を出ていない。根拠のない話では判断の仕様がなかった。

「村瀬茜は相手の要求に腹を立て、逆に不倫していた事実を暴くとでも捨て台詞を吐いたんじゃないのかな」

「妻と離婚してまで不倫してる女性と一緒になるケースは割に少ないようですね。村瀬茜と親密な関係にあった男は家庭を壊されるかもしれないという強迫観念に取り憑かれて……」

「自分の手で、茜を葬ったのかもしれないね。あるいは、犯罪のプロに始末させたんだろうか」

「これから、被害者の弟宅に行こうと思ってたんですよ」

「それなら、村瀬雅也に探りを入れてみてくれないか。ブライダルプランナーは不倫相手がいたとしても、実弟にも秘密にしてたかもしれないがね」

「それとなく訊いてみますよ」

「念のため、そうしてくれないか」

署長が先に電話を切った。

三上は折り畳んだ携帯電話を懐に仕舞い、車から出た。『恵比寿スカイマンション』の集合インターフォンの前まで大股で歩み、数字キーを三回押した。

村瀬宅は七〇三号室だった。少し待つと、スピーカーから女性の声が響いてきた。

「どちらさまでしょう?」

「警察の者です。捜査本部の支援捜査をしている三上といいます。失礼ですが、村瀬雅也さんの奥さんでしょうか？」

「はい、真理です」

「ご主人は、ご在宅ですか？」

「昼過ぎに小田原の実家に向かって、今夜は向こうに泊まることになってるんですよ」

「そうなんですか」

「義姉の事件の再聞き込みでしょうか？　それでしたら、わたし、捜査に協力いたします。夫の姉には何かと世話になりましたんで、一日も早く事件が解決することを願ってるんですよ」

「いま、七階に上がります。オートロックを解除してもらえますか」

三上は言った。

「すみませんけど、エントランスロビーでお待ちいただけないでしょうか。わたし、ちょうど駅前のスーパーに買物に出かけるところだったんですよ」

「そうでしたか。そういうことなら、集合インターフォンの前で待ってます」

「外は寒いですから、ロビーでお待ちください。ロックは解除しました」

村瀬真理の声が熄んだ。

三上はエントランスロビーに入った。暖かかった。無人だった。三上はエレベーターホールの近くにたたずんだ。

二分ほど待つと、函の扉が左右に割れた。降りてきたのは、被害者の弟の妻だった。

真理は白人とのハーフのような顔立ちで、プロポーションも申し分なかった。三十二歳だが、とても若々しい。

三上はＦＢＩ型の警察手帳を短く呈示した。だが、所属課名は指で巧みに隠して見せなかった。裏捜査の聞き込みの際は、いつもそうしていた。

「ご苦労さまです。義姉を殺害した容疑者が特定できてないんで、支援に駆り出されたんですね？」

「そうなんですよ。疑わしい人間が何人か捜査線上に浮かんだんですが、いずれも事件には絡んでませんでした」

「捜査があまり進んでいないということは先日、夫から聞きました。夫がデザイン会社を倒産させたとき、義姉はわたしたち夫婦を励ましてくれたんですよ。金銭的な援助もしてくれました。ですんで、故人には恩義を感じてたんです」

「そうなんですか」

「二人きりの姉弟だったんで、茜さん、いいえ、義姉はわたしの夫のことをいろいろ気にかけてくれてました。夫も、義姉には感謝してました」

「そうですか。意地の悪い言い方になりますが、被害者は実弟の雅也さんを利用した側面もありますよね？」

「どういうことなんでしょう？」

真理が表情を強張(こわば)らせた。

「故人は本業で赤字を出しつづけてたんで、『女子高生(JK)お散歩クラブ』の運営を弟の雅也さんに任せてましたよね？」

「はい」

「そのクラブの実態が売春組織だったことは、ご存じでしょ？　ご主人は売春防止法に引っかかって、書類送検されましたんで……」

「夫は、法には触れないJKビジネスをしてるだけだとわたしに言ってたんです。だから、そのことを知ったときは驚きました。でも、夫のデザイン会社が立ち行かなくなったとき、義姉にいろんな面で助けてもらったんですよ。ですんで、わたしたち夫婦は義姉に上手に利用されたという気持ちはありますけど、特に恨んでいませんでした。それほど義姉には、さんざん迷惑をかけてしまったんです」

「あなた方ご夫婦は心が広いんだな」

「わたしたちにとって、義姉は大恩人でしたんで。もともと姉弟の仲はよかったんですよ。困ったときは互いに支え合ってきたようですね」

「そうですか。話は変わりますが、被害者は過去に既婚男性と不倫してたんではありませんか？」

「えっ、そうなんですか⁉　わたしは義姉の男性関係のことまでは知らないんです。夫から義姉が会社のイケメン社員を自宅マンションに泊まらせてるという話は聞いてましたけどね」

「そうですか。ご主人なら、姉さんの私生活をよく知ってるかもしれないな」

「ええ、もしかしたらね」

「小田原に行って、そのあたりのことをご主人に訊いてみましょう。出がけに引き留めてしまって、申し訳ない！　これで、失礼します」

三上は頭を下げ、出入口に足を向けた。

第二章　少女売春クラブ

1

線香を手向(たむ)ける。

三上は遺影を見つめてから、目をつぶって合掌した。

村瀬茜の実家の仏間だ。被害者が生まれ育った家は、小田原市東町(ひがしちょう)の外れにあった。

敷地が広く、庭木が多い。

時刻は午後四時半過ぎだった。夕闇が濃かった。

三上の斜め後ろには、故人の実弟が正坐している。姉弟(きょうだい)の両親は近くの寺に出かけていて留守だった。

三上は合掌を解き、体の向きを変えた。

「供物を用意すべきだったね。無作法で申し訳ない」

「いいえ、お気遣いなく」

村瀬雅也が緑茶を手早く淹れた。

「ご両親は、故人の納骨の件でお寺に行かれたのかな？」

「ええ、そうです。母は一年ぐらい姉貴の遺骨をここに置いておきたいと言ったんですが、それでは辛すぎるからと説得して、四十九日に納骨することにしたんですよ」

「そう」

「姉貴が亡くなったなんて、いまだに信じられません。エネルギッシュに生きてましたんでね」

「残念だったでしょう、まだ故人は三十六だったんだから」

「ええ。まさか姉貴が実家の墓に入ることになるとは思ってませんでしたよ。結婚すると……」

「そうだろうね。お姉さんは美人で、聡明だったようだからな」

「自慢の姉貴でした。ぼくと違って、出来がよかったんですよね。ただ、勝気で男性に負けたくないという気持ちが強かったんです。それだから、割にモテたんですが、専業主婦にはなれなかったんでしょう」

「いただきます」

三上は茶を啜った。

「姉貴には迷惑かけ通しで、結局、何も恩返しできませんでした。ぼくがデザイン会社の経営にしくじってなければ、姉貴に苦労させずに済んだんでしょう」

「お姉さんの会社も赤字つづきだったとは知らなかったのかな？」

「ええ、そうなんですよ。姉貴は『フォーエバー』は安泰だと何度も言ってたんで、ぼくは金を借りたんです。でも、デザイン会社を倒産させてしまいました」

「借りてた金はどうしたのかな？」

「五十万円ほど返しましたが、千八百万円近く踏み倒すことになってしまいました。姉貴の会社も赤字つづきだったということは、デザイン会社が立ち行かなくなってから知りました」

「故人は『フォーエバー』を潰したくない一心で、ブラックジャーナリストの篠誠とつるんで企業恐喝をしてた疑いがあるんだ。その件では起訴されなかったが……」

「そのことは、事情聴取されたときに警察の方に教えられました。それまでは、まったく知りませんでした。『フォーエバー』の赤字分を埋めるためにＪＫビジネスを副業にしたと思ってましたんでね」

「篠と組んで企業恐喝を重ねつづけてると、いつか仲間割れをすることになる。故人はそう考えて、『女子高生お散歩クラブ』を弟のきみに任せることにしたんだろうな。血縁者と違法ビジネスをやれば、悪事は発覚しにくいからな」

「姉貴は最初、合法的なJKリフレで副収入を得ようとしたんですよ。女子高生たちには客とお喋りさせたり、コスプレをさせてたんです。それだけでは満足できない客が多かったし、あまり儲からなかったんですよね」

「そうだろうな」

「だから、ぼくがいっそ高級少女売春クラブにしてしまおうと姉貴に提案したんです。姉貴はだいぶ難色を示しましたけど、最後は折れてくれました。悪いのは、このぼくです。姉貴はぼくに引きずられただけなんですよ」

「麗しい姉弟愛と言いたいとこだが、売春の斡旋は犯罪だ。それに労働基準法違反だった」

「ええ、そうですね。登録してる娘たちに体を売れと強要したことは一度もありませんでしたが、よくない裏ビジネスをしたことは反省してます。書類送検で済んだことはラッキーだったと思って、やり直すつもりです」

「次の仕事は、もう決まったのかな?」

「いいえ、まだです。ハローワークに通って求人誌にも目を通したんですが、採用してくれる会社はありませんでした。ですんで、小さなカフェでも開こうと考えてるんですよ。でも、姉貴を殺した犯人が捕まるまでは動きだす気になれません」

「そう」

「捜査本部は何人か疑わしい者を調べ上げたそうですが、まだ重要参考人はいないんでしょ？」

「そうなんだ。そんなことで、こっちが非公式に支援捜査に駆り出されたんだよ。初動と第一期捜査の事件調書はじっくり読み込んだんだが、まだ犯人の見当がつかないんだ。そういうわけで、こちらにうかがったんですよ」

「そうですか」

村瀬の顔に失望の色が宿った。

「遺族の方はもどかしいだろうが、もう少し時間を与えてほしいんだ。奥さんは故人の過去の男性については知らないと言ってたが、きみは実の弟だったわけだから……」

「姉貴はいろんな男性とつき合ってましたが、たいてい半年ぐらいで別れてました。姉は相手に尊敬できる部分がないと、どんなにマスクがよかったり、金を持っってても興味を失っちゃうんです」

「要するに、理想が高かったんだ？」

「そうだったんですかね。姉貴がぞっこんだった男性がいたんですが、独身じゃなかったんですよ」

「だから、片想いで終わったのかな？」

「いいえ、四年半ぐらい交際してました。いわゆる不倫の関係をつづけてたんですが、一年数カ月前に別れたんです」

「不倫のことが相手の奥さんにバレちゃったのかな？」

「そうじゃなかったんですが、相手の奥さんが交通事故で脊髄を損傷して寝たきりになってしまったんですよ。不倫相手はそれをきっかけに一方的に姉貴に別れを告げたんだそうです」

「お姉さんは未練を断ち切れたのかな？」

「姉貴は、結婚を望んでたわけじゃないんです。ですが、多々良さんとは別れたくなかったんでしょう。彼につきまとうようになりました」

「多々良という不倫相手のことを詳しく教えてもらえるかな」

三上は懐から手帳を摑み出した。

「わかりました。多々良圭という名で、四十二歳だったかな。経営コンサルタントで、オフィスは南青山四丁目の桑原ビルの三階にあります。自宅は世田谷区の代沢にあると思います」

「故人は毎日のようにストーカー行為を繰り返してたの？」

「毎日ではなかったでしょうが、週に三、四回は多々良さんの事務所の周りをうろついてたみたいですね。それで、姉貴はたまにでいいから自分と過ごす時間を作ってと多々良さんに哀願したみたいなんです」

「死ぬほど惚れてたんだろうな」

「そうなんだと思いますね。でも、多々良さんははっきりと姉貴の頼みを拒絶したようです。そのころ、姉貴は酒浸りでした。多々良さんへの未練を断ち切るため、年下の社員を神宮前の自宅マンションに泊めるようになったんでしょう」

「それは、『フォーエバー』のビデオカメラマンの木滑春馬のことだね？」

「ええ、そうです」

村瀬がうなずいた。

「故人は、だいぶ若いツバメに入れ揚げてたようだな」

「そうみたいですね。しかし、姉貴は木滑のことは単なるベッドパートナーと思ってたはずです。恋の残り火を消すことができなくて、姉貴は去年の秋ごろから多々良さんの仕事場の前で待ち伏せするようになりました。それで、ついに警察に通報されてしまったんです」

「きみのお姉さんは、警告を受けたんだね？」

「ええ。警告を受けて一カ月ぐらいはストーカー行為はしなかったんですよ。だから、ようやく姉貴が未練を棄ててくれたんだと楽観してたんです」

「しかし、故人は背を向けた不倫相手を尾けたりするようになったんだな？」

「つきまとうだけじゃなく、多々良さんの得意先に姉貴は中傷メールを送るようになったんですよ」

「多々良さんはどうしたんだい？」

「怒った多々良さんは『フォーエバー』に乗り込んできて、バックハンドで姉貴の頰を殴ったらしいんです。居合わせた木滑が多々良さんに組みついたんですが、反対に大外刈で倒されたそうです」

「社員の前で不倫してた相手に顔面を殴られたんだから、故人は何か仕返しをする気になったんじゃないの？」

三上は問いかけ、手帳を上着の内ポケットに入れた。

「そのときはたまたま、木滑と二人っきりだったらしいですけど。その夜、姉貴はぼくに電話をしてきて、多々良さんを少し痛めつけてくれと言いました。ぼくは姉をやんわりと窘めました」

「お姉さんはどんな反応を示したのかな？」

「大人げないことを口走ってしまったと反省してましたが、本当に後悔してたのかどうかわかりません。姉は負けず嫌いで、執念深い性格なんですよ」

「なら、自分で多々良さんを痛めつけてくれる男を見つけて……」

「考えられますね。まさか姉貴は、誰かに多々良さんを始末させようとしたんじゃないだろうな。愛憎は背中合わせですからね。自分の熱い想いを受け入れてくれない多々良さんを烈しく憎んで、いっそ殺してしまおうと考えたんでしょうか」

「そうだとしたら、多々良さんは逆襲する気になるかもしれないな」

「刑事さん、そうだったんじゃないんですかね。姉貴にしつこくまとわりつかれて、多々良さんはうんざりしてたでしょう。その上、命を狙われたとわかったら、反撃に出たくなるんじゃないのかな」

「そういう衝動に駆られても不思議じゃないかもしれないね。多々良さんに会って、それとなく探りを入れてみよう」

「一応、調べてもらえますか。よろしくお願いします」

村瀬が頭を垂れた。

三上は礼を述べ、座蒲団から腰を浮かせた。仏間を出て、玄関に向かう。アンクルブーツを履いていると、村瀬の懐で携帯電話が鳴った。発信者を確かめてから、故人の弟は通話相手に小声で告げた。

「いま、来客中なんだ」

「………」

「女房が横にいるわけじゃないよ。すぐにコールバックするから」

通話が終わった。

三上は暇を告げ、村瀬宅を出た。プリウスに乗り込み、小田原厚木道路に向かう。厚木で東名高速道路の上り線に乗り入れ、東京に戻った。

多々良圭のオフィスを探し当てたのは、午後七時十分ごろだった。かつて村瀬茜と不倫の関係にあった男は、自分の事務所にいた。

三上は応対に現われた女性事務員に刑事であることを明かし、所長に面会を求めた。少し待たされただけで、奥の所長室に通された。

多々良は、いかにもシャープそうな印象を与える。二人は自己紹介し合うと、応接ソファに腰かけた。向かい合う形だった。

「コーヒーがよろしいですか？　それとも、日本茶のほうがいいのかな？」

「お気遣いなく。早速ですが、先月の十四日の夜に殺害された村瀬茜さんとはある時期、親しくされてましたよね？」

三上は確かめた。

「ええ。彼女とは異業種交流パーティーで出会って、すぐに意気投合したんですよ。その後、幾度か二人で会ううちに……」

「特別な関係になったわけですね？」

「そうです。すでに妻がいましたんで、わたしは自制しなければいけなかったんですが、ぐいぐい惹かれてしまったんです。遊びではありませんでした。村瀬さんがわたしとの結婚を本気で望んでるなら、離婚してもいいと思ってました」

「そうですか」

「しかし、村瀬さんは結婚には消極的でした。わたしの妻に申し訳ないという気持ちは少しはあったと思うんですが、事業欲のほうが勝ったんでしょうね。わたしは妻を裏切ってるという後ろめたさを感じながら、村瀬茜さんと密会しつづけました。社員の慰安旅行だと妻には偽って、村瀬さんと泊まりがけで温泉地に出かけたことも四、五回ありました」

「村瀬さんと別れる決意をしたのは、奥さんが交通事故で寝たきりの状態になられたからなんでしょ？」

「そこまでご存じでしたか。浮気をしてたんで罰(ばち)が当たったんだ。妻が脊髄を損傷したと知ったとき、わたしはそう思いました。妻には、何も罪はありません。配偶者をほったらかして、村瀬さんと密かにデートすることに罪悪感を覚えたわけですよ。それで、彼女に別れたいと切り出したんです」

「村瀬さんのほうは、あなたにたっぷり未練があったようですね。多々良さんにストーカー行為をしてたとか？」

三上は誘い水を撒(ま)いた。多々良がうなずき、被害の内容に触れた。被害者の実弟の証言と合致していた。

「村瀬茜さんは多々良さんとよりを戻せないとわかったら、あなたの得意先に中傷メールを送りつけたという情報もキャッチしてます。その話は事実なんですか？」

「ええ。さすがに腹が立ったんで、わたし、彼女のオフィスに乗り込んだんですよ。それで、村瀬さんの頬をバックハンドで殴りつけてしまいました。女性に暴力をふるったことをすぐに悔やみましたが、もう取り返しがつきません。当然、村瀬さんはわたしを赦(ゆる)せない気持ちになったでしょう。村瀬さんに何か仕返しをされるかもしれないと覚悟してたんですが、身に危険が迫るようなことはありませんでした」

「そうですか。正体不明の人間が脅迫電話をかけてきたことは？」

　三上は質問した。

「そういうこともありませんでした。ただ、その後も村瀬さんのストーカーじみた行動に悩まされつづけました。あれには、ほとほと参りましたよ」

「短気な者ならば、殺意を覚えるかもしれないな」

「誘導尋問めいたおっしゃり方をしますね。わたしは、村瀬茜さんを殺したと疑われてるんだろうか」

　多々良が笑いながら、そう呟いた。目は笑っていなかった。

「別に他意はなかったんですが、そう受け取られても仕方ないでしょうね。ちなみに事件当夜、あなたはどこで何をしてらっしゃいました？」

「事件のあった夜は、経営相談に乗ってる精密機器メーカーの役員たちに接待されて赤坂のクラブで飲んでましたよ」

「店名と役員の方たちの氏名を教えてくれますか」

　三上は言いつつ、懐から手帳を抓み出した。多々良が澱みなく質問に答える。といっても、予めアリバイを用意していた感じではなかった。

　多々良は捜査本部事件には関与していないようだ。捜査員の勘だった。

「捜査はあまり進んでないようですね？」

「そうなんですよ。多々良さん、犯人に心当たりはありませんか？」

「殺人事件に関係があるのかどうかわかりませんが、去年の十月上旬の夜、この雑居ビルの近くで村瀬さんが十七、八歳の女の子と揉み合ってましたよ。村瀬さんは例によって、わたしがオフィスから出てくるのを待ってたんでしょう」

「二人は何か言い争ってたんですか？」

「ええ、そうでしたね。しかし、遣り取りまでは聞き取れませんでした。ただ、少女は右手に果物ナイフを握ってましたよ」

「その娘は村瀬茜さんを刺す気だったんだろうな」

「多分、そうする気でいたんでしょう。少女はわたしに見られてることに気づくと、急いで逃げ去りました。村瀬さんも逆方向に走っていったな。『フォーエバー』に十代の女性社員はいないはずですから、労使のトラブルではないんでしょう」

「果物ナイフを持ってた少女は、『女子高生お散歩クラブ』の登録メンバーなのかもしれませんね」

「その何とかってクラブはなんなんです？」

多々良が問いかけてきた。

「村瀬茜さんが本業の赤字を埋めるため、実弟に任せてた高級少女売春クラブです」

「彼女、村瀬さんはそんな違法ビジネスをしてたのか⁉　何かの間違いではないんですか？」

「いや、間違いありません。故人は現役女子高生百数十人をリッチな中高年男性に斡旋して、売春代金の四割をピンハネして荒稼ぎしてたんですよ」

「信じられない。にわかには信じられない話ですね。村瀬さんはビジネスには貪欲でしたが、やくざみたいな裏ビジネスをしてたとはまるで知りませんでしたよ」

「誇れる副業じゃありませんから、好きだった多々良さんには絶対にバレないようにしてたんでしょう」

「ええ、おそらくね。わたしは、そこまで性根の腐った彼女と四年以上も妻に隠れて密会してたのか。人を見る目がなかったんだな。不徳の至りです。恥ずかしくて、死んでしまいたい気持ちですよ」

「奥さんの介護があるわけですから、死ぬわけにはいかないでしょう？」

「ええ、そうですね」

「村瀬茜さんは高級少女売春クラブの登録メンバーに何か理不尽なことをして、恨まれてたのかもしれません。そのあたりのことを少し調べてみます。貴重な時間を割いていただいて、本当にありがとうございました」

三上はソファから立ち上がって、そのまま所長室を出た。エレベーターで一階に下る。

専用覆面パトカーは雑居ビルの斜め前に駐めてあった。

初日の捜査はこれで打ち切りにして、もう塒に戻ることにした。三上はプリウスに乗り込み、すぐに発進させた。

駒沢の自宅マンションに着いたのは、およそ二十分後だった。駐車場にプリウスを置き、五〇五号室に上がる。部屋の電灯は点いていた。

入室すると、恋人がシンクに向かって白菜を刻んでいた。

「あら、意外に早かったのね。寄せ鍋を早く食べたくなったんじゃない？」

「それより、きみを早く喰いたくなったのさ」

「その前に酒盛りでしょ？」

「わかってるって」

三上は沙也加を抱き寄せ、唇を軽く重ねた。

2

下腹部が生温かい。

三上は眠りを破られた。自宅マンションのベッドの上だ。ナイトテーブルの上の腕時計を見る。午前五時過ぎだった。

三上は羽毛蒲団と毛布を一緒に大きく捲った。

沙也加が股の間にうずくまって、口唇愛撫を施している。素っ裸だった。寝室はガス温風ストーブで暖められている。寒くはない。

「起こしちゃって、ごめんね。わたし、また……」

沙也加がくぐもった声で言い、舌技に熱を込めはじめた。

三上は性感帯を的確に刺激され、力を漲らせた。前夜は寄せ鍋をつつきながら、ビールと焼酎をしこたま飲んだ。沙也加は三上ほどではないが、アルコール好きだった。

二人は日付が変わってから、一緒に風呂に入った。浴室で戯れた後、裸のままベッドに移った。いつもそうしているわけではなかった。別々にシャワーを浴びてから、肌を重ねることが多かった。

昨夜は、気まぐれに二人で入浴したのである。交互に湯船に浸ってから、ボディーソープの泡に塗れた体を密着させて前戯に耽った。三上はフィンガーテクニックを駆使して、沙也加をたてつづけに二度極みに押し上げた。そのつど彼女は裸身をリズミカルに硬直させ、悦びの声をあげた。ジャズのスキャットに似た声だった。三上は煽られた。

恋人をセミダブルのベッドに仰向けにさせ、柔肌を貪った。沙也加は浴室で二度もエクスタシーを味わったからか、いつもより乱れた。二人は互いの官能をそそり、体を繋いだ。幾度も体位を変え、アクロバティックな交わり方もした。沙也加は恥じらいながらも、三上の求めに応じた。そして、ぞくりとするような痴態を晒した。

だが、不潔感はなかった。幻滅もしなかった。それどころか、刺激的だった。三上は普段よりも欲情をそそられた。

二人は長いこと睦み合い、正常位でゴールに向かった。ほぼ同時に、頂に達した。

三上は背筋に甘やかな痺れを覚えながら、果てた。その瞬間、脳天が白く霞んだ。沙也加は五度目の高波に呑まれた。

三上は射精後も、しばらく硬度を保っていた。沙也加の内奥は規則正しく脈打っていた。快感のビートだ。沙也加が息を吸うたびに、ペニスはきつく締めつけられた。搾り込まれるような感覚だった。

二人は結合したまま、後戯にいそしんだ。静かに離れると、どちらも眠りに落ちた。長い情事で疲れ果てたせいだろう。

三上は昂まった。狂おしげなオーラルセックスで、猛りに猛っていた。角笛のようだ。

「沙也加、体をターンさせてくれないか」

三上は言った。自分も恋人の秘めやかな部分を口唇と舌で慈しみたくなったのだ。

沙也加が顔を上げた。

「もう待てないわ」

「おれも舐めたくなったんだよ」

三上はわざと露骨な言い方をした。あけすけな言葉は、時に女性を淫らな気持ちさせる。

沙也加は小さく首を振ると、三上の上に跨がった。せっかちに腰を落とし、ペニスを膣に収める。三上は動かなかった。

沙也加の体は充分に潤んでいた。それでいて、少しも緩みはない。三上は故意に分身をひくつかせた。

沙也加がなまめかしく呻き、腰を弾ませはじめた。トロピカルフルーツを連想させる乳房がゆさゆさと揺れる。エロティックだ。

三上は右腕を伸ばし、指を結合部に潜らせた。合わせ目を愛撫し、こりこりに痼った陰核を中指の腹で揺さぶりはじめる。圧し回しもした。抓んでもみた。

「わたし、変になりそう」

沙也加が切なげに言って、腰をうねらせはじめた。

閉じた瞼の陰影が濃い。寄せられた眉がセクシーだ。半開きの口の中では、ピンクの舌が妖しく舞っている。

三上は頃合を計って、左腕で沙也加を抱き寄せた。繋がったまま、沙也加を組み伏せる。性器は抜け落ちなかった。

三上は六、七度浅く突き、一気に深く分け入った。七浅一深のリズムを崩さずに、ひたすら沙也加の官能を煽りつづける。

沙也加がリズムを合わせて腰を動かし、秘部を迫り上げた。アクメが近いらしい。三上は突き、捻り、また突いた。

それから間もなく、二人はゴールインした。沙也加が愉悦の声を発したとき、思わず三上は唸ってしまった。それほど快感が深かった。

三上たちは体を重ねたまま、余韻に浸りはじめた。

「謙さん、ありがとう。とってもよかったわ」

「おれもだよ」

「支援捜査中なのに、寝不足にさせちゃったわね」

「気にすんなよ。おれも、いい気持ちにさせてもらったんだ。貸し借りはないさ」

「うふふ。あなたに迷惑をかけたからってわけじゃないけど、わたし、多々良圭の事件当日のアリバイの確認をしてあげる。それから、第三者に村瀬茜を殺させた疑いがまったくないかどうかもね」

沙也加が言った。

酒を酌み交わしながら、三上は支援捜査の初日の経過を恋人に話していた。むろん、ルール違反だ。しかし、沙也加は口が堅い。特命のことを漏らしても、失点に繋がる心配はなかった。

「大胆にサボったりすると、リストラの対象になるぞ」

「うまくやるから、心配しないで。報道部の人間にも、それとなく探りを入れてみるわ。謙さんはどう動く予定なの？」

「手入れを受けて廃業に追い込まれた『女子高生お散歩クラブ』の店長をやってた須賀敬

太に会って、登録してた女子高生のことをいろいろ教えてもらうつもりだよ」

「そうなの。ＪＫリフレのことはよく知らないけど、マンションや雑居ビルの一室をパーティションで八つか十に仕切って、各ブースで現役女子高生たちに客の男たちと雑談させたりしてるんだってね。それだけではなく、コスプレ姿を見せたり、絵筆で体をくすぐられるオプションもあるみたい。それで、客は四千円から一万円の料金を店に払ってるらしいわ」

「散歩コースや食事コースもあるらしいぞ。表向きはＪＫリフレのオプションがあるだけってことになってるが、客の多くは現役女子高生との性的な触れ合いを求めてるにちがいない」

「そうでしょうね」

「バイトをしてる娘たちの中には、お金欲しさに体を売ってたのがいたんだろう。だから、村瀬茜はＪＫリフレの店を装って、高級少女売春クラブを裏ビジネスにする気になったんだと思うよ」

「ええ、多分ね」

沙也加が言った。いつの間にか、三上の体は萎えていた。沙也加から離れて、横になった。それから、恋人を抱き寄せる。

沙也加が三上の肩口に頰を密着させた。火照(ほて)っている。

「多々良の証言通りなら、殺された女社長は高級少女売春クラブに登録してた女子高生に何かで恨まれてたんだろうな。店長だった須賀なら、そのあたりのことを知ってるだろうと睨んだんだよ」

「そう。須賀の住所はわかってるの？」

「ああ。捜査資料に須賀の現住所も載ってた。代々木上原(よよぎうえはら)駅の近くのワンルームマンションに住んでるはずだよ」

「店長だった男から新しい事実を得られるといいね。シャワーを浴びたら、朝食の用意をするわ。謙さんは、それまで寝てて」

「飯なんか作らなくてもいいよ」

「寄せ鍋の食材と一緒にフランスパンやハムなんかを買ってきたの。それから、野菜も少しね」

「悪いな。食材、全部でいくらだった？　ちゃんと払うから、言ってくれないか」

「水臭いことを言うと、怒るわよ」

「おれは女性に奢(おご)られるのが好きじゃないんだ」

三上は言った。

「わかってるわ。でもね、たいした出費じゃないの。だから、他人行儀なことは言わないで。悲しくなっちゃうわ」

「わかった。それじゃ、ご馳走になることにするよ」

「ええ、そうして」

沙也加がベッドを滑り降り、三上の裸身に寝具を優しく掛けた。

三上は沙也加が浴室に向かってから、セブンスターに火を点けた。情事の後の一服は、格別にうまい。ゆったりと紫煙をくゆらせる。煙草の火を消して天井をぼんやりと見上げているうちに、いつしか三上は寝入っていた。

沙也加に揺り起こされたのは、午前八時過ぎだった。

「朝食をこしらえたから、一緒に食べよう?」

「その前にシャワーを浴びたいな」

三上はベッドを離れ、浴室に歩を進めた。

部屋の間取りは1LDKだ。ダイニングテーブルの上にはマグカップやパン皿が載っていた。コーヒーの香りが漂っている。

三上は熱めのシャワーを頭から被り、ざっと体を洗った。脱衣室を兼ねた洗面所には、洗いざらしの下着と部屋着が用意されていた。

沙也加はよく気が利く。結婚したら、良妻になりそうだ。しかし、沙也加に結婚願望はなかった。

ダイニングキッチンに移ると、食卓にはフランスパンのトースト、ハムエッグ、野菜サラダなどが並んでいた。三上はテーブルについた。

沙也加が手早く二人分のコーヒーを用意し、三上の正面に向かった。

「きみが泊まった翌日は、うまい朝食を喰える。ありがたいと思ってるよ。普段は前夜にコンビニで買った菓子パンやバナナを喰ってるんでさ」

「朝食はしっかり摂らないとね。栄養をバランスよく摂らないと、体を壊しちゃうわよ」

「そうだな。いまは健康だが、四十代になったら、肝臓がへたるかもしれない。それからへビースモーカーなんで、肺も危いな」

「ウェルター級の学生チャンピオンだった謙さんが頼りないことを言わないで」

「まだスタミナはあるよ。きのうは二ラウンドだったが、いまだって四ラウンドぐらいはこなせると思うよ」

「こら、なんの話をしてるの！」

「ちょっと下品だったか」

三上は笑顔で呟き、ハムエッグを食べはじめた。沙也加は野菜サラダから食しだした。

二人は雑談を交わしながら、食事を済ませた。

「後片づけはおれがするから、きみは出勤の準備をしろよ」

「いいのかしら？」

「任せてくれって」

三上はシンクに向かい、食器を洗いはじめた。沙也加は化粧パウチを持って洗面所に足を向けた。

彼女はメイクしている姿を決して三上に見せない。裸を見られるよりも恥ずかしいと以前、語っていた。時代が変わっても、そうした羞恥心(しゅうちしん)を女性は失ってはいけないのではないか。

三上は皿やマグカップを洗い終えると、リビングソファに坐った。テレビの電源を入れる。ニュースを観(み)ていると、身仕度をした沙也加が近づいてきた。

「きょうも綺麗だね」

「メイクで上手に化けただけよ。会社に行く時間になったんで、先に出るわ」

「少し待ってもらえば、車で関東テレビまで送るよ」

「ううん、大丈夫！　多々良圭の件は、ちゃんと調べるわ」

「無理するな」

三上は片手を挙げた。

沙也加が軽く手を振り、玄関ホールに向かった。三上は煙草をくわえ、ワイドショー番組を十分ほど観た。すぐに退屈してしまった。

三上はテレビのスイッチを切り、寝室で着替えに取りかかった。さほど時間は要さなかった。

三上は戸締まりをして、部屋を出た。歩廊には寒風が吹いていた。一階に降り、駐車場のプリウスに乗り込む。

イグニッションキーを捻ったとき、伏見刑事課長から電話がかかってきた。

「少し前に『フォーエバー』の女社長を殺ったという男が署に出頭してきたんだよ」

「そうなんですか。そうなら、お役御免ですね」

「いや、それがどうも真犯人ではないようなんだよ。一月十四日の事件のことはよく知ってたんだが、被害者とはまるで接点がなさそうなんだ」

「人騒がせの出頭だったということですか？」

三上は言った。

「おそらく、そうなんだろう。捜査本部の捜査班がいまも取り調べ中なんだが、供述は矛盾だらけらしいんだ」

「殺人犯と称してる奴に犯歴は?」

「寸借詐欺の常習犯で、無銭飲食でも一度検挙されてる。数カ月前に前橋刑務所を仮出所したばかりなんだ。働き口が見つからないし、所持金も乏しくなったんで……」

「一日三食喰わせてもらえる刑務所に戻りたくて、人殺しをしたと嘘をついたのかもしれないですね?」

「そうにちがいない。人騒がせな奴がいたもんだ。そんなことだから、支援捜査は続行してくれないか。神谷署長の指示だよ」

「わかりました」

「きのう一日では大きな収穫は得られなかっただろうね?」

伏見がそれとなく探りを入れてきた。三上は捜査の有力な手がかりを得られたときは、署長か刑事課長に報告することを義務づけられていた。初日に大きな収穫があったわけではなかったが、多々良圭から聞いた話を伏見に伝えた。

「去年の十月に被害者と揉み合ってた少女が果物ナイフを持ってたんなら、『女子高生お散歩クラブ』に登録してた娘なんだろう。その女子高生は村瀬茜に巧みに騙されて体を売る羽目になったんじゃないだろうか」

「そう推測できますよね。なんで、これから『女子高生お散歩クラブ』の店長だった須賀の自宅に向かうとこだったんですよ」

「元店長は、そのへんのことを知ってそうだな。須賀から情報を引き出してくれないか。三上君、頼むぞ」

刑事課長が電話を切った。

三上は捜査用の携帯電話を懐に戻すと、プリウスを走らせはじめた。最短コースを選んで、代々木上原に向かう。

目的のワンルームマンションに着いたのは、およそ三十分後だった。三階建ての低層マンションは、小田急線の代々木上原駅から四百メートルほど離れた所にあった。坂道の途中に建っていて、外壁は薄茶のタイル張りだった。

三上は専用覆面パトカーをワンルームマンションの隣の石塀（いしべい）に寄せ、すぐに運転席から出た。須賀が借りている部屋は、二階の奥の角部屋だった。二〇五号室だ。

三上は、二〇五号室のインターフォンを響かせた。

待つほどもなく、男の声で返事があった。三上は小声で渋谷署の刑事であることを告げてから、まず確かめた。

「須賀敬太さんでしょ？」

「そうですけど、おれ、渋谷署管内で危（ヤバ）いことなんかやってませんよ」

「ちょっと聞き込みをさせてもらうだけだから、ドアを開けてくれないか」

「わかりました。いま、開けます」

須賀が言って、じきに顔を見せた。少し崩れた感じだが、垂れ目だった。そのせいか、凄みはない。

「ちょっとお邪魔するよ」

三上は姓だけを名乗って、二〇五号室に足を踏み入れた。後ろ手にドアを閉める。

「おれ、村瀬茜の事件には絡んでませんよ。宇田川町の店にオーナーが顔を出したのは、数える程度だったんです。表向きは弟の雅也さんが経営者ってことになってたんですよ」

「そのことはわかってる。単刀直入に訊くぞ。村瀬茜が高級少女売春クラブの本当のオーナーだとわかってた登録メンバーは何人ぐらいいたんだい？」

「三、四十人の娘は知ってたと思うな。もう摘発されて店は潰れちゃったから喋っちゃいますけど、『女子高生お散歩クラブ』もオープン当初は、JKリフレをおとなしくやってたんですよ。でも、客のほとんどが現役女子高生とエッチしたがってたんで、村瀬姉弟が高級少女売春クラブに鞍替えしたわけです」

「弟の雅也さんが店でバイトをしてた女子高生に体で稼ぐ気はないかとひとりずつ打診してみたのかな？」

「ええ、そうなんです。だけど、売春してもいいと即答した娘は三人だけでした。それじゃ、おいしいビジネスになりませんよね？」

「そうだな」

「それで、村瀬茜は悪知恵を働かせたんです。店の登録メンバーになれば、将来、アイドルやモデルになれるという求人広告をティーンズ雑誌に載せたんですよ。そしたら、たちまち五百人を超える娘たちが集まったんです。表向きの経営者がその娘たちにリッチな客の大半は芸能界やマスコミの有力者たちだと騙して、百数十人の現役女子高生を高級娼婦にしたわけです」

「悪質だな」

「ま、そうですね。でも、本気でアイドルやモデルになれると夢見てる娘は少なかったはずです。多くは金持ちのおじさんたちとエッチをすれば、手っ取り早く数十万を一カ月で稼げることに惹かれたんでしょう。遊ぶ金が欲しい娘だけじゃなく、何か事情があって短期間でまとまった金を得たい娘もいたんですよ。留学費用とか高級ブランド品を購入する金を工面したいとかね」

「そうか」

「厄介なのは、本気で芸能界入りできると信じて体を売りつづけた娘たちですね。いくら待っても、デビューのチャンスなんか巡ってきません。中には騙されたのかもしれないと思って、売春の仕事を辞めたいと言い出す娘もいましたね」

「そんな娘はどうやって引き留めてたんだい？」

「村瀬さんの姉貴がそういう娘に会って、辛抱してチャンスを待てと優しく説得してました。それで売春の仕事をつづけるケースが多かったんですけど、ひとりだけ辞めちゃった娘がいましたね」

須賀が言った。

「その彼女の名は？」

「椎名志穂という名前で、共和女子高の二年生ですよ。美少女の志穂はタレント志望で、読者モデルもしてたんです。だから、いつかは華々しく芸能界入りできると信じて、自分の父親より年上のおっさんたちに抱かれてたんでしょう」

「だが、いつまで待ってもデビューできる様子はなかった。それで、高級少女売春クラブを脱けたわけか」

「そうなんですよ」

「辞めるのは当然だな」

「そうですよね。志穂は自分をうまく利用した村瀬茜に何らかの形で復讐してやると捨て台詞を吐いて、弟の雅也さんを睨めつけてから店を出ていきました。おれも、ちょっと良心が痛みましたよ」

「だろうな」

「今度は真面目な仕事に就きます。でも、傷害の前科があるんで……」

「時間はかかっても、まともな仕事を見つけるんだな。そっちも悪事の片棒を担いでたわけだから、心を入れ替えろ」

三上は言って、二〇五号室を出た。

椎名志穂と会えば、何か手がかりを得られるかもしれない。三上はそう考えながら、階段を勢いよく駆け降りはじめた。

3

校門は閉ざされている。

千代田区内にある共和女子高校だ。共和女子大の附属校で、中学校のキャンパスは隣接していた。大学は東京郊外にある。

午前十一時過ぎだった。

三上はプリウスの運転席から共和女子高校の校庭を眺めながら、どんな方法で椎名志穂と接触すべきか思案中だった。身分を明かして志穂に面会を求めるわけにはいかない。そんなことをしたら、志穂が法に触れるアルバイトをしていたことが教職員にわかってしまう。

三上は懐から私物の携帯電話を取り出した。一〇四で共和女子高校の代表電話番号を教えてもらう。

スリーコールで、通話可能状態になった。電話口に出たのは女性だった。

「わたくし、二年生の椎名志穂の親族です。志穂がお世話になっています」

三上は後ろめたさを覚えながら、澱みなく言った。

「何か緊急なことでも……」

「ええ、そうなんですよ。志穂の母方の祖母が危篤に陥りましたんで、すぐに帰宅させていただけないでしょうか」

「わかりました。これから二年C組の教室に向かいます」

相手が緊迫した声で応じ、通話を切り上げた。三上は携帯電話を折り畳んで、所定のポケットに戻した。

教職員を騙すような真似はしたくなかったが、やむを得ないだろう。刑事が聞き込みに訪れたという噂が校内に広まったら、椎名志穂は好奇の的になってしまう。嘘も方便だ。
六、七分経ったころ、校舎から美少女と中年の男が現われた。二人は校庭を横切り、正門に向かってくる。志穂と職員だろう。
中年男性が門扉を開け、容姿の整った女子生徒に何か言った。

志穂と思われる少女が門の外に出た。制服の上に、キャメルカラーのダッフルコートを羽織っている。マフラーは、バーバリーのチェック柄だ。

美少女は最寄り駅に向かって足早に歩きだした。三上は専用覆面パトカーを低速で走らせはじめた。女子高生の後ろを数百メートル進んでから、プリウスをガードレールに寄せた。

気配で、美少女が振り返った。だが、足は止めなかった。三上は運転席から急いで降り、美しい少女を追った。

「ちょっと待ってくれないか？」

「え？」

相手が立ち止まった。

「急いで家に帰る必要はないんだ。母方の祖母が危篤だという話は事実じゃないんだよ。きみに訊きたいことがあったんで、電話で作り話をしたわけさ」

「おじさん、誰なの？」

「まだ三十代なんだが、おじさんか」

「うちらから見たら、おじさんでしょ？　お兄さんと呼ぶには無理があるから」

「ま、いいさ。きみは椎名志穂さんだね？」

三上は確かめた。

「そうだけど、何なの？　おじさん、何屋さんなのよ？」

「警察の者なんだ」

「やだ！」

志穂が通学鞄を抱え、一目散に逃げだした。三上はすぐに追った。ほどなく追いついた。志穂の片腕を摑む。

「きみを補導しに来たんじゃないから、逃げないでくれ」

「おじさん、本当に刑事さんなの？」

志穂が訝しんだ。三上は警察手帳を短く見せた。

「それ、ポリスグッズの店で買った摸造品でしょ？」

「おれは偽刑事じゃない。信用できないんだったら、渋谷署で事情聴取させてもらってもいいんだぞ」

「渋谷署には行きたくない。危険ドラッグで説諭(せつゆ)されたわけじゃないけど、渋谷署は敬遠したいのよね」

「宇田川町にあった『女子高生(JK)お散歩クラブ』の登録メンバーだったことは把握(はあく)してるが、その件で補導することはない。約束するから、安心してくれ」

「だけど、わたし……」

志穂が全身でもがいた。三上は右腕に力を込めた。

「おれは、一月十四日に殺された村瀬茜の事件を調べてるんだ。『女子高生(JK)お散歩クラブ』の真の経営者だった女社長のことは知ってるね？」

「あの女は性質(たち)が悪すぎるわ。だから、殺されたのよ。いい気味だわ」

「立ち話をしてると目立つから、車の中で話を聞かせてくれないか」

「わたしを絶対に補導しないなら、いいけど」

「約束するよ」

「白黒のパトカーに入れられるんじゃないでしょ？　それだと、もろに目立っちゃう」

「覆面パトカーに乗ってるんだ」

「それなら、オーケーよ。車はどこなの？」

志穂が周(まわ)りを見回した。三上は志穂をプリウスに導き、後部座席に坐らせた。自分も、志穂の横に乗り込んだ。

「きみはタレント志望だったみたいだな？」

「うん、そう。小学生のときから児童劇団に入って、芸能界で活躍したいと思ってたの。劇団の公演では主役をやらせてもらったんだけど、テレビや映画出演の話はなかったわ」

「そう」

「中二のときに美少女コンテストに出て、最終選考まで残ったのよ。でも、入賞できなかったの。審査員のひとりが、わたしは目鼻立ちは整ってるけど、人形みたいで味がないんだと評してた。そんなことで、もう芸能人になる夢は捨てようと思ったの」

「しかし、高校生になってから、また……」

「そうなのよ。それで、わたし、いろんなオーディションを受けまくったわ。だけど、個性がないとか、冷たい印象がマイナスだと言われちゃったんで、半ば諦めてたわけ」

「そんなとき、ティーンズ雑誌に『女子高生お散歩クラブ』の登録メンバー募集の広告が載ってたんだ？」

「おじさん、よく調べてるわね。そうなの。芸能界の有力者たちと太いパイプがあるという触れ込みだったから、即、登録しちゃったわけ。でも、最初はＪＫリフレのバイトをやらされるだけだったな」

「期待外れだとがっかりしてるころ、村瀬茜の弟の雅也に売春の仕事を持ちかけられたんだね？」

「うん、そう。さすがに抵抗あったけど、表向きの経営者は現役女子高生に興味を持ってる客の中には大手芸能プロの重役やテレビ局の大物プロデューサーがいるから、アイドルか女優になれる可能性はあると何度も言ったの」

「それで、体を売る気になったわけか」

「有名な芸能人の子供は親の七光りでデビューできるけど、一般家庭で育ったタレント志望者は枕営業で映画やテレビ出演のチャンスを摑んでるという話を聞いてたんで、わたし、割り切ることにしたのよ」

「女の武器を使ってタレント、モデル、歌手になったケースは稀だと思うが、その種の噂は昔からあった。しかし、世の中はそんなに甘くないんじゃないか」

「そうみたい。わたしは芸能関係者やテレビ局の偉いさんのセックスパートナーを務めたんだけど、こちらの売り込みをまともに聞いてくれる男はひとりもいなかったわ。高いプレイ代を払ってでも、若い娘の体を弄びたいだけだったんでしょうね。体のレンタル代が一回手取りで六万になるんだから、バイトとしては悪くない。だから、ずっと売春をやってたの。けど、自分の体と心がどんどん汚れていく気がして、わたし、登録メンバーから脱けようと思ったのよ」

「そのことをダミーのオーナーに言ったら、姉貴がきみを強く引き留めたわけだ？」

「うん、そう。村瀬茜はわたしにフレンチのコース料理をご馳走してくれて、ある大物映画プロデューサーがわたしを青春映画のヒロインに抜擢する気でいるって言ったの。わたしは舞い上がっちゃって、その相手が予約したホテルに何度も行った。そのおっさんは六十歳ぐらいで、変態だったの」

「どんなことをされたんだい？」

「わたしの大事なとこに膣圧計やバイブレーターを突っ込むの、亀甲縛りにしてからね。それで勃起するまで、わたしに肛門を舐めさせるのよ。行為が終わると、必ず排尿シーンを見せろと迫ったわ」

「映画デビューできるかもしれないと思って、要求に応じたのか？」

「そう。とっても惨めだったけど、わたし、耐えたわ。けどさ、その男は映画プロデューサーなんかじゃなかったの。飲食店チェーンの運営会社の社長だったのよ」

志穂が溜息混じりに言った。

「きみは村瀬姉弟に騙されてたわけか」

「そういうことね。芸能界に入りたがってたメンバーはほかにも何人かいたんだけど、わたしみたいに本気で志望してたわけじゃない。だから、金持ちのおじさんたちとセックスして、せっせと稼いでブランド物の服やバッグを買ってた。だけど、わたしは『フォーエバー』の女社長にうまく利用されたことが赦せなかった」

「何か仕返しをしたのかな？」

三上はさりげなく訊いた。

「わたし、村瀬姉弟を誰かに殺してもらいたくて、ネットの裏サイトを片っ端から覗いてみたの。だけど、人殺しを請け負うという書き込みはなかったわ。それだから、歌舞伎町や池袋に出かけて、不法残留してそうな外国人に声をかけたの。でも、誰も取り合ってくれなかった」

「で、自分で村瀬茜を果物ナイフで刺す気になったのかな」

「おじさん、何を言ってるの⁉」

志穂が声を裏返らせた。

「十月上旬のある夜、南青山にある雑居ビルの近くで村瀬茜が高校生ぐらいの女の子と揉み合ってるとこを目撃した者がいるんだ。証言者の話によると、少女は果物ナイフを握ってたそうだよ。きみじゃないのか？」

「変なこと言わないでよ！　わたし、確かに村瀬姉弟を憎んでたわ。殺してやりたいとも思ってたわよ。でも、わたしじゃない。第一、女社長の本業の事務所がどこにあるかも知らないのよ。おじさん、信じて！　わたし、人殺しなんかしてないって」

「きみは村瀬姉弟、特に茜を恨んでた。犯行動機はあるってことになる」

「そうだけど、わたしは犯人じゃないよ。村瀬茜が殺されたのは一月の何日だったっけ？　中旬だった気がするけど」

「一月十四日だよ。死亡推定時刻は午後十時から十一時半の間だ」

「その日は仲のいい友達の誕生日だから、その子の家に泊まりがけで遊びに行ったわ」

「いまのクラスメイトなのかな？」

「ううん、中学時代からの友達よ。品田陽華(しなだはるか)って名で、わたしと同じ町内に住んでるのよ。誕生会に招(よ)ばれたのはわたしだけじゃないの。四人の旧友が招待されたし、陽華の両親と妹が家にいた。だから、その人たちに確かめてもらえば、わたしが事件にタッチしてないことはわかるはずよ」

「旧友の連絡先を教えてくれないか」

三上は懐から手帳を取り出し、必要なことを書き留めた。

「陽華のお母さんは専業主婦だから、家にいると思うわ。刑事さん、すぐに電話をしてくれない？」

「後で確認させてもらうよ。ところで、きみと同じように村瀬茜を快く思ってなかった登録メンバーはいたのかな」

「佳那(かな)って高二の子も、女社長を恨んでたと思う。その彼女はシングルマザーに育てられたんで、高校を出たら、働いてくれってお母さんに言われてたんだって。でも、本人はどうしても大学に行きたいんで、放課後、高一のときからハンバーガーショップで働いてたらしいの。でも、時給がそんなに高くないんで、なかなか学費が溜まらなかったみたい。だから、JKリフレのバイトをするようになったわけよ」

「その彼女は体を売ってたのかな?」

「最初は個室で客の話し相手をして、コスプレ姿や水着姿を見せてただけだったの。だけど、佳那はパンティーの中に手を突っ込んだ客がいるんで、渋谷署に駆け込もうとしたのよ」

「店を任されてる村瀬雅也は慌(あわ)てたんじゃないのか?」

「そうなのよ。表向きのオーナーは佳那をなだめて、強力な誘眠剤入りのコーヒーを飲ませ……」

「村瀬雅也にレイプされたんじゃないのか?」

「そうじゃないの。佳那は茜のマンションに運ばれて、三人の不良イラン人に輪姦(マワ)されちゃったの。そいつらは以前、センター街で覚醒剤を売ってたんだけど、密売グループが横浜に移っても、渋谷で風俗店やキャバクラの客引きをやってたのよ。女社長の弟がそいつらを集めて、佳那を姦らせたの」

「そんなことがあったのか」

「茜はスマホで輪姦シーンを動画撮影して、佳那に体を売ることを強いたんだって。それで、彼女はわたしたちと同じようにリッチな男たちに抱かれてたのよ。お金は稼げるけど、佳那は売春を強要されたわけだから、村瀬茜のことはかなり憎んでたと思う」

「そうだろう」

「ひょっとしたら、去年の十月、佳那が村瀬茜を刺し殺そうとしたんじゃない？」

「佳那って子の苗字を教えてくれないか」

「老沼よ。自宅は池尻のあたりにあるみたいだけど、住所まではわからないわ。都立高校に通ってるの」

志穂が校名を挙げた。広尾にある。

「老沼佳那って子に会ってみるよ」

「佳那は根が真面目だから、自分に体を売ることを強いた村瀬茜を果物ナイフで刺そうと思ったのかもね。でも、誰かに見られてたんで、目的は果たせなかったんじゃない？」

「そうなんだろうか」

「それでさ、先月の十四日に佳那は『フォーエバー』に押し入って女社長を殺したのかもしれないな。そうだったとしても、刑事さん、佳那を捕まえないで。人殺しはよくないけどさ、茜は佳那をひどい目に遭(あ)わせたのよ。殺されても仕方ないでしょ？」

「佳那という子が村瀬茜を殺害したのかどうかは、まだわからない」

「そうなんだけどね。登録メンバーの多くは割り切って売春(ウリ)をしてたんだけど、佳那はいやいや体を売らされたんだよ。人生を台なしにされたんだから、彼女を鑑別所に入れないでやって」

「きみは、せっかちなんだな。繰り返すが、まだ老沼佳那が犯人だと決まったわけじゃないんだ」

「そっか、そうだったわね。それはそうと、わたしたち登録メンバーは売春防止法で補導されるの？　そうなったら、わたしの人生は終わりだな。おじさん、これからホテルに行かない？　ベッドで目一杯サービスするからさ、わたしのことを見逃して！　村瀬雅也は書類送検されたけど、売春(ウリ)をしてたメンバーは誰も警察に呼ばれてないのよね。だから、ずっとびくびくしてたの。体だけじゃ駄目なら、五十万、ううん、八十万ぐらいは払えるわ」

「おれは殺人事件の捜査を担当してるんだ。売春事案は管轄外だから、きみらを補導したりしないよ」

「でも、防犯関係の刑事さんにわたしたちはマークされてるんでしょ？」

「『女子高生お散歩クラブ』が摘発されたとき、担当捜査員は客のリストと一緒にきみら登録メンバー名簿も押収してるはずだ」

「当然、そうよね。でも、わたしたちは誰も警察に呼び出されてない。そのことが不思議だし、不気味でもあるの。だから、なんか落ち着かないのよ」

「高校生の女の子たちと遊んだ客の中には有力者がいるようだから、警察庁の偉いさんに圧力がかかったんだろう。超大物の政治家やキャリア官僚に泣きつかれて、事件を揉み消すことがないとは言えないんだよ。癪な話だがな」

「警察は法を破るなと市民に偉そうに言ってるけど、そういう外部の圧力に屈してるのか。案外、だらしないんだね」

「悔しいが、そうした弱さがあることを認めざるを得ないな。多分、登録メンバーはお咎めなしだろうと思うよ」

「それなら、ラッキー！」

「早退きさせてしまって、悪かったな。どこかで少し時間を潰してから、家に帰るんだね」

　三上はリア・ドアを押し開け、先に車を降りた。すぐに志穂もプリウスから出て、最寄り駅に向かって歩きだした。

　三上はプリウスの運転席に乗り込んだ。

　手帳を見ながら、品田陽華の自宅に電話をかける。受話器を取ったのは、椎名志穂の旧友の母親だった。

「渋谷署の者ですが、確認させてほしいことがあるんですよ」

「何を確認されたいんでしょう？」

「一月十四日は、娘さんの誕生日だそうですね？」

「ええ、娘の誕生日ですが……」

「中学時代からの友人の椎名志穂さんがほかの四人と一緒に誕生パーティーに招かれたようですね？」

「はい。娘と最も親しくしてる志穂ちゃんは泊まっていきましたよ。ほかの友達は十時半ごろに揃って帰りましたけどね」

「そうですか」

「志穂ちゃんのアリバイ調べなんですね？」

「その夜、ある事件現場に椎名志穂ちゃんがいたという情報が警察に寄せられたんですよ。虚偽情報臭かったんですが、念のために確かめさせてもらったわけです」

「先月十四日の夜は、間違いなく志穂ちゃんは我が家にずっといましたよ」

「そうですか。ご協力、ありがとうございました」

三上は電話を切り、プリウスのエンジンを始動させた。どこかで腹ごしらえをしてから、老沼佳那の通う高校に向かうことにした。

4

五時限目の授業が終わったようだ。

校舎から生徒たちが続々と出てくる。広尾にある都立高校だ。

三上は校門の近くにたたずんでいた。下校する生徒の誰かに声をかけ、老沼佳那を呼んでもらうつもりだった。

級友と連れだって下校する生徒たちが多い。そういう一団を遣り過ごしていると、黒縁の眼鏡をかけた小太りの女生徒がひとりでやってきた。

三上は、その少女に声をかけた。

「ちょっといいかな。わたしは、ある予備校の職員なんだ。きみは老沼佳那という生徒を知らないかな？」

「老沼さんなら、同じクラスです。彼女にどんな用があるんですか？」

「うちの予備校の特別受講生として、四月からスタートするセミナーに参加してほしいと思ってるんだ」

「特別受講生というのは、すごく成績がよくないとなれないんでしょ？」

相手が訊いた。

「学業が選考基準にはなってないんだ。家庭の経済事情で大学進学を諦めたり、初年度の納入金の工面に苦労してる高校生たち数十人を無料で受講できるクラスを設けることになったんだよ」

「少子化で予備校も生き残り競争がはじまってるみたいですから、そういうサービスをしないと……」

「そうなんだ。だから、母子家庭や父子家庭で育った高校生の金銭的な負担を少しでも減らしてあげたいという気持ちから、特別クラスを新設することになったんだよ」

三上は作り話を澱みなく語った。

「いいことですね。老沼さんとこも母子家庭だとかで、進学するなら、自分で学費を工面しなければいけないみたいなんですよ。現にバイトをしてるみたいだから、無料で予備校に行けるんなら、きっと喜ぶと思います」

「ぜひ受講してほしいな」

「えーと、老沼さんは……」

眼鏡の少女が横に移動し、後方を振り返った。三上も同じ方向を見た。

「老沼さん、いましたよ。いま、呼んできます」

気のよさそうな女生徒は校庭の中ほどまで駆け戻った。そして、ひとりで歩いている少女に話しかけた。相手は老沼佳那だろう。

二人は小走りに駆けてきた。

「老沼さんです」

「ありがとう」

三上は、小太りの生徒を犒った。相手が会釈して、ゆっくりと遠ざかっていった。

「わたし、老沼です。どちらの予備校の方なんですか？」

「予備校の職員と称したが、実は渋谷署の者なんだよ」

「えっ」

佳那が絶句した。みるみる蒼ざめる。

「最初に言っておくが、きみを補導に来たんじゃないんだ。だから、安心してくれ。先月の十四日に発生した殺人事件の聞き込みなんだよ」

「そうなんですか」

「ここじゃ、目立つね。近くにあまり人のいない場所はないかな？」

「少し歩いた所に公園があります」

「案内してくれないか」

三上は促した。佳那が歩きはじめる。三上は彼女に従った。

佳那は地味な感じで、髪をポニーテイルにまとめていた。数分歩くと、都営住宅が見えてきた。目的の公園は、都営住宅の真裏にあった。

寒いからか、人の姿は見当たらない。三上たち二人は、出入口のそばのベンチに並んで腰かけた。

「わたし、どうしても進学したかったんです。でも、母子家庭なんで、親には働いてほしいと中学のころから言われつづけてたの。それだから、ＪＫリフレのバイトをするようになったんですよ。だけど、売春をする気なんか本当になかったんです。それだけは信じてください」

佳那が涙声で言った。

「きみは客に下着の中に手を突っ込まれたんで、渋谷署に駆け込もうとしたんだね？」

「はい」

「そのあたりのことはわかってるんだ。村瀬雅也に誘眠剤入りのコーヒーを飲まされて、『フォーエバー』の女社長の自宅マンションで屈辱的なことをされた話は言わなくてもいい」

「は、はい」

「そんな経緯があって、きみは体を売らされた。恥ずかしいシーンを動画撮影した村瀬茜を殺したいと思う気持ちはわかるよ」

「わたし、あの女を殺す気なんかありませんでした。去年の十月、南青山で待ち伏せして、茜に果物ナイフをちらつかせたのは事実です。わたし、あの女に土下座して謝罪してほしかったんですよ」

「しかし、村瀬茜は詫びようとしなかったんだね？」

「ええ。謝るどころか、わたしがお金を得るために体を売ってることを母に教えてやるなんて開き直ったんですよ。そのとき、わたしは村瀬茜を本気で刺したい衝動に駆られました。ほんの一瞬ですけど、殺意を覚えたんです。そのとき、なぜか母の顔が頭にちらついたんですよ。それに誰かの視線を感じたんで……」

「急いで逃げたわけか？」

三上は確かめた。佳那が深くうなずく。多々良圭の証言と一致している。しかし、ふたたび殺意が芽生えたとも考えられなくはない。

「先月十四日の夜、村瀬茜は自分のオフィスで何者かに絞殺された。そのことは知ってるね？」

「ええ。刑事さんはわたしを疑ってるんですか⁉　わたし、犯人じゃありません。その日は風邪で微熱があったんで、学校から帰宅して寝てました。そのことは母が知ってます。母に確認してもらえば、わたしが事件に関わってないことははっきりするでしょう。でも、そうしたら、体を売って学費を調達しようとしてたことを知られてしまいますね。わたし、どうしたらいいんだろう？」

「親族の証言だけじゃ弱いんだよ。身内を庇(かば)いたくて、偽証するケースもあるからね。赤の他人の証言がないと、きみのアリバイは立証されたと判断されないんだ」

「それじゃ、わたしは犯人にされてしまうんですか？」

「捜査はそんなにラフじゃない。おれの心証では、きみはシロだな。村瀬茜のことは憎んでいただろうが、殺害はしてないと感じたよ」

「わたしを信じてくれて、ありがとうございます」

「バイト仲間で、同じように村瀬茜を憎んでた娘はいなかったかい？」

三上は訊いた。

「いました、二人。ひとりは星さくらという名で、高二です。もうひとりは五代百合という名前で、高三です」

「どういう娘たちなんだろう？」

「星さんは、牧師の娘さんなんです。お父さんがカトリックの神父みたいに厳格で、とっても口やかましいらしいんです」

「プロテスタントの牧師は、それほど禁欲的な戒律があるわけじゃないと思うがな」

「そうですよね。そんなことで、星さんは子供のころから父親に反抗的だったみたいですよ。両親に内緒で腕にタトゥーを入れたことを去年の秋に見つかって、勘当されちゃったんです」

「その彼女は、どこかで独り暮らしをしてるのかな？」

「いいえ。星さんは母方の伯母宅に居候して、学校に通ってるんです。親からの援助がないんで、いろんなバイトをした後、『女子高生お散歩クラブ』で働くようになったんですよ。伯母さんにあまり負担はかけたくないみたいですね」

「偉いな」

「そうですね。ちょっとリフレの仕事をしたらしいんだけど、それではたいして稼げないんですよ。それで、おじさんたちのベッドパートナーを務めるようになったんです」

「星さくらって子の連絡先を教えてくれないか」

「はい」

佳那が鞄からスマートフォンを取り出した。三上は、星さくらの番号をメモした。

「居候してる伯母の家は大田区内にあるみたいですけど、所番地までは知らないんです」

「ああ、いいよ。五代百合って子について教えてくれないか」

「わかりました。五代さんのお父さんは、東京高等裁判所の判事をやってるんですって。裁判官のせいか、やっぱり子供に厳しいみたいですね。五代さんは小学生のころからお父さんに自分と同じように法律家になれと言われてたんですって」

「本人には別の夢があるんだね？」

「ええ。五代さんは、美術系の大学に進みたいと考えてたらしいんです。でも、名門大の法学部に進む気がないなら、学費は一切出してあげないと言われたみたいなの」

「いまどき珍しい頑固親父だな」

「ええ、そうですね。それで、五代さんはアメリカの大学に入る気になったらしいんです。その留学費用を工面するため、体で稼ぐ気になったという話でした」

「そう」

「前置きが長くなりましたけど、星さんと五代さんは商業ビルを十何棟も持ってる資産家の客に気に入られて、村瀬姉弟（きょうだい）から3Pの相手をしてやれと言われたんですって。プレイ代はひとり二十万だという話だったそうですけど、どちらもきっぱりと断ったらしいんですよ。当然ですよね。男ひとり、女二人のセックスなんて恥ずかしいし、屈辱的ですから」

「姉弟は、それで話を引っ込めたのかな？」

「いいえ。村瀬茜は自分たち姉弟にとことん逆らう気なら、二人の親に娘が体を売ってるということをバラすと脅迫したそうです」

「親が牧師と裁判官なら、どっちも自分の娘を殺す気になるかもしれないな。そこまでいかなくても、親子の縁は完全に切られることになるだろう」

「そうでしょうね。星さんも五代さんも父親とは断絶したままでいいと思ってたみたいですけど、母親や兄弟が生きにくくなるのは申し訳ないと思ったようで……」

佳那が口ごもった。

「ビル持ちのおっさんと3Pをやらざるを得なかったんだね？」

「そうなんです。その客は、星さんと五代さんにレズ・プレイを強要したらしいんです。

二人が拒むと、ホテルに村瀬茜を呼びつけたそうなんです。女社長は二人のバイトのことをそれぞれの親に話すと脅迫して、キスをさせたり、オーラルセックスをさせたようです。茜はそれを見届け、満足した表情で部屋を出ていったそうです。客の男は異常に興奮して、星さんと五代さんを交互に抱いたみたいですよ」

「二人が歪（ゆが）んだプレイの相手をさせられたのは、それ一回きりだったのかな？」

「いいえ。その後も、星さんたち二人は3Pにつき合わされたようですよ」

「客の男は金で何でも叶（かな）うと思ってやがるんだろうな。たくさんピンハネできるというんで、二人に3Pをやらせた村瀬茜もまともじゃないね」

「わたしも、そう思います。弱みにつけ込まれた星さんと五代さんは口にこそ出しませんでしたけど、わたしと同じように茜を憎んでたにちがいありません」

「それはそうだろうな。どちらかが村瀬茜を革紐で絞殺したのかもしれない。二人が共謀したとも考えられるな」

「悪いのは茜のほうなんです。刑事さん、事件に星さんか五代さんが絡んでたとわかっても捕まえないでください。村瀬茜は救いようのない悪人なんですから」

「きみの気持ちは個人的にはわかるよ。被害者がどんなに罪深いことをしてても、人間なんだ。動機はどうあれ、人を殺したら、それ相応の償（つぐな）いをしなければならない。それが民主国家のルールだよ」

「そうなんですけど……」

「五代さんの連絡先も教えてくれないか」

三上は言った。佳那がスマートフォンの住所録をスクロールしはじめた。三上は五代百合の携帯番号も手帳にメモした。

「いま星さんと五代さんは原宿の『マロニエ』というカフェでバイトをしてるらしいですよ。お店は明治通りに面してて、『パレフランス』跡地の並びにあるそうです。夕方、そこに行けば、二人に会えると思います」

「行ってみるよ。きみは、何か新しいバイトをしてるのかい?」

「近所のレストランで皿洗いのバイトをしてます。時給は千円弱なんですけど、もっと学費を稼がないといけませんからね」

「大変だろうけど、頑張って大学に入ってほしいな」

「はい、頑張ります」

「協力してくれて、ありがとう。もう帰っていいよ」

「では、これで……」

佳那がベンチから立ち上がり、公園から出ていった。

三上は脚(あし)を組んで、セブンスターに火を点けた。常に携帯用灰皿を持ち歩いている。吸殻のポイ捨てはしないよう心掛けていた。

売春をしていた女子高生たちの話によると、村瀬茜は想像以上に強欲らしい。『フォーエバー』の赤字分を補うために違法ビジネスをはじめたわけだが、捨て身になれば、荒稼ぎできることを知ったのだろう。『女子高生(JK)お散歩クラブ』の登録メンバーを高級少女売春婦に仕立てることに少しも良心は疼(うず)かなかったのだろうか。

そうだとすれば、まったく救いようがない。他人に恨まれて殺害されたのは、それこそ自業自得だろう。三上は法の番犬でありながら、支援捜査を放棄したくなった。だが、そうはいかない。複雑な気持ちだ。

気を取り直して、隠れ捜査に励むことにした。三上は短くなった煙草を携帯用灰皿の中に突っ込み、軽く押し潰した。火は完全に消えただろう。

携帯用灰皿をコートのポケットに滑り込ませたとき、懐で私物のモバイルフォンが震動した。

三上は携帯電話を摑み出し、ディスプレイに目を落とした。電話は高瀬沙也加からだった。

「車で移動中だったら、後で電話をかけ直すわ」

「公園で一服してたとこだよ」

「そう。多々良圭の周辺の人間にそれとなく探りを入れてみたの。茜にまとわりつかれて迷惑してたようだけど、別に殺意は感じてなかったようね」

「そうか」

「関東テレビの報道部も多々良のことは調べてたわ。でも、誰かに茜を始末させた気配はうかがえなかったんで、じきに取材対象者から外されたようよ」

「ご苦労さん！　そういうことなら、多々良圭はシロと判断してもいいだろう」

「謙さんのほうはどうだったの？」

「まだ有力な手がかりは得られてないんだ」

三上は経過をかいつまんで話した。

「村瀬姉弟はずいぶん汚い手を使って、現役の女子高生に体を売らせるようになったのね。騙したり、不良イラン人に輪姦させたり、上客のために3Pの相手を務めさせるなんて暴力団も顔負けじゃないの。特に姉は冷血な悪女だわね」

「おれも、そう思ったよ」

「茜に利用された登録メンバーの誰かが耐えられなくなって、報復殺人に走っちゃったのかな？」

「その疑いはあるが、少女買春をした富裕層の客の誰かが村瀬茜の口を封じたとも考えられる。渋谷署は客の男たちを誰も検挙してないはずだから、警察庁のキャリアに外部から圧力がかかったんだろう」

「そうなんでしょうね。だったら、女子高生を買った男たちは安泰でしょ？　高級少女売春クラブの真のオーナーである茜を始末する必要はないんじゃない？」

「女社長は客の男たちの下半身スキャンダルを知ってるわけだから、その気になれば、いつでも強請(ゆす)れる」

「あっ、そうね」

「被害者は金銭欲が強かったみたいだから、リッチな客の何人かを脅迫して多額の口止め料をせびってたのかもしれないな」

「ちょっと待って。客の男たちは富裕層だったんだから、たとえ一千万円程度のお金をせびられても、痛くも痒(かゆ)くもないでしょ？」

「際限(さいげん)なく強請られたら、資産家だってたまらないだろう。そんなことで、犯罪のプロに茜を殺(や)らせたとも考えられるじゃないか」

「ああ、そうね。それから、売春をしてた女の子たちの親兄弟が村瀬茜を亡き者にしたとも推測できるわ」

沙也加が言った。

「そういう筋の読み方も可能だろうな。自分の娘が金持ち相手に体を売ってたことが世間に知れたら、一族の恥になる。血縁者は職場に居づらくなって、転居しなければならなくなるだろう」

「そうでしょうね。星さくらって子の父は牧師で、五代百合の父親は裁判官だという話だったわよ？」

「老沼佳那が嘘をついたとは考えにくいから、そうなんだろう」

「牧師か判事が自分の一族の名誉を守るため、誰かに『女子高生（JK）お散歩クラブ』の真の経営者を片づけさせたとも疑えそうね」

「そうなんだろうか。もっと捜査を進めれば、何かが透けてくるだろう」

「わたしに手伝えることがあったら、いつでも声をかけてね」

「ああ。その節はよろしく！」

三上は通話を切り上げ、ベンチから立ち上がった。

第三章　不自然な摘発

1

嵌め殺しのガラス窓から店内を覗く。

満席だった。原宿の『マロニエ』だ。午後五時を回っていた。

三上は踵を返した。星さくらと五代百合のアルバイト先を訪れたのである。

プリウスは脇道に駐めてあった。店が空いたころを見計って、二人の女子高生に会うことにした。三上は専用覆面パトカーの運転席に坐ると、捜査資料のファイルを開いた。

ずっと引っかかっていたことがあった。渋谷署生活安全課は『女子高生お散歩クラブ』を摘発した際、登録女子高校生リストと顧客名簿を押収した。体を売っていた少女たちは全員、本名で登録されていた。しかし、買春した者はすべて偽名を使っている。当然といえば、当然だろう。

高級少女売春クラブの表向きの経営者の村瀬雅也は売春斡旋の事実を認めて、書類送検された。児童買春・児童ポルノ禁止法及び労働基準法違反にもかかわらず、起訴は免れた。通常では考えられないことではないか。

それだけではない。児童買春・児童ポルノ禁止法に触れた中高年男性は誰も検挙されていないのは、あまりにも不自然だ。

警察に圧力がかかったのではないかと疑いたくなる。老沼佳那の証言によると、五代百合の父親は東京高等裁判所の判事らしい。その裁判官が娘のスキャンダルが露見することを恐れ、警察官僚の誰かに頼んで犯罪事実をぼかしてもらったのか。

あるいは、買春した有力者が裏で動いたのか。どちらにしても、すっきりとしない。

三上はファイルを閉じると、上司の城戸生活安全課長の携帯電話を鳴らした。ツーコールで、電話は繋がった。

「三上です。周り(まわ)に部下がいますか？」

「いや、みんな、出払ってるよ。いったい何だね？　署長の特捜指令にもう片をつけたのか？」

「おれは、それほど優秀じゃありませんよ。去年の初冬に宇田川町の『女子高生(JK)お散歩クラブ』にガサかけたのは庄司主任たち五人でしたよね？」

「ああ、庄司学警部補に現場で指揮を執らせたんだ。しかし、買春の客たちは揃って偽名を使ってたんで、身許の割り出しができなかったんだよ。しかし、オーナーの村瀬雅也は売春の斡旋をしてたことを素直に認めた。で、書類送検したんだ」

「女子高生を買った男たちの割り出しができなかったというのは、いかにも不自然でしょ？　どこかから圧力がかかったんじゃないんですか。どうなんです？」

「おい、おれや庄司を腰抜け扱いする気かっ。署長に目をかけられてるからって、いい気になるな！」

城戸が声を尖らせた。

「圧力はなかったんですね？」

「なかったよ」

「十代の少女たちを抱いたのは、社会的に成功した男たちだとわかってるんです。村瀬雅也はそう供述してると調書に記述されてましたし、プレイ代も高かった。買春した客の中に国家権力に結びついてる有力者がいたとも考えられるでしょ？」

「そうした大物たちは、もっと上手に女遊びをしてるさ」

「政治家や高級官僚の中にロリコン趣味のある男がいないとは限りませんよ」

「それは屁理屈だ。捜査機関が超大物たちの圧力に屈したことが一度もなかったとは言わない。しかし、たかが買春じゃないか。そんなことで、実力者が警察に圧力をかけてくるわけないだろうが！」

「いや、わかりませんよ。未成年の娘を金で弄んだとなったら、それは醜聞そのものです。命取りになりかねません」

三上は反論した。

「考えすぎだよ。外部から署長やわたしに圧力はかかったことはない。わたしの言葉が信じられないんだったら、神谷署長に直に確かめてくれ」

「そこまでする気はありません。ただ、手入れをしておきながら、捜査が甘かったと思えてならないんですよ」

「被疑者たちを特定できなかったんだ。登録メンバーたちを補導して鑑別所送りにもできないだろうが！　だから、村瀬雅也しか書類送検できなかったんだよ。村瀬の姉の茜は、自分はJKリフレを副業にしてただけで、弟に売春の斡旋をさせた覚えはないと言い張った。庄司はできることはやったんだよ。摘発に加わってなかった者がケチをつけるんじゃない」

「課長を怒らせるつもりはなかったんですが、物言いが失礼だったかもしれません。その点は謝罪します。すみませんでした」

「ま、いいさ。それより、渋谷署管内で聞き込みをするときは変装したほうがいいな。生安課の同僚に何度も見られたら、病欠が嘘だってバレちゃうからな」

城戸課長が電話を切った。

勇み足を踏んでしまったのか。もう少し慎重になるべきだったのかもしれない。三上は自分を戒めながら、次に検察事務官の岩佐智史に電話をかけた。待つほどもなく、通話可能になった。

「どうも先輩！　早くも出番がきたようですね」

「近くにコンビを組んでる検事はいないみたいだな。ちょっと訊きたいことがあるんだよ。東京高等裁判所に五代という姓の判事がいるかい？」

「いますよ。五代功、五十三歳です。昔から検察官と裁判官は馴れ合ってる部分があるんですが、五代さんは孤高の判事ですね。検察寄りの裁判官が多いんですが、あくまで是々非々主義を貫いています」

「立派じゃないか。検察は有罪判決九九・九七パーセントを誇る日本最強の捜査機関だが、常に起訴事実通りだったかどうかは怪しい。岩佐には厭味に聞こえるだろうがな」

「先輩が言う通りです。多くの検事はプライドが高いですから、起訴した事案は何がなんでも有罪に持ち込もうと考えてます」

「そうなんだろうな。しかし、先進国で有罪判決が九割に達するとこなんかないぜ」

「ええ、そうですよね。裁判官は検察の迫力に圧され気味で、求刑の二割程度減の判決を下すケースが多いんです」

「そうみたいだな」

「五代判事はどんなときも、検察側と弁護側を公正に扱ってます。検察側に遠慮することはないですし、弁護側に有利になるような解釈もしません」

「ということは、冤罪の疑いがあると判断すれば、検察側の論告を退けるわけだな?」

「ええ、そうです。逆に被告側の上告審も認めません」

「五代判事は、検事と弁護士の双方から煙たがられてるんだろうな?」

「多分、そうでしょうね。個人的なつき合いはありませんが、典型的な堅物でしょう。自分はもちろん、身内も厳しく律してるそうです」

「酒を酌み交わしたくなるようなタイプじゃなさそうだな」

「そんな感じですね」

「その五代の娘が売春をアルバイトにしてたかもしれないんだよ」

三上は詳しいことを話した。後輩が極秘の支援捜査内容を口外する心配はなかった。それでも、やはり三上は後ろめたかった。

　できることなら、沙也加や岩佐に協力してもらうことは避けたい。しかし、単独捜査は時間がかかる。それで、やむなく信用できる二人の力を借りているわけだ。

「先輩は、五代判事が娘のいかがわしいバイトが世間に知れることを恐れて……」

「村瀬茜を絞殺した疑いはゼロじゃないと思うんだ」

「ええ、そうですね。裁判官の娘の高校生が高級少女売春クラブに所属してたことが発覚したら、五代一家の将来は真っ暗になるでしょう。父親は法曹界を去らなければならなくなるはずです」

「だろうな。弁護士になっても、依頼人は多くないにちがいない。娘の百合も退学させられ、母親や兄弟も隠れるように暮らしていかなければならなくなるだろう」

「ええ、そうなると思います。しかし、五代判事は正義が服を着てるような方です。一族の名誉を守りたいからって、凶行に及んだりはしないでしょ？」

　岩佐が異論を唱えた。

「どんなに四角四面の人間でも家族がいれば、人間らしい情愛は持ってるはずだ。妻子に辛い人生を歩ませたくないだろうし、一家の名誉も汚したくないだろう」

「そうでしょうが、裁判官がそこまで短絡的な行動には走らない気がしますね。それに村瀬茜を永久に眠らせただけでは、一家の名誉は守れません」

「五代功は茜の弟はもちろん、売春ビジネスに携わってた者を皆殺しにする気でいるのかもしれないぞ。自分の娘以外は、ひとり残らず殺し屋に始末させる気でいるんじゃないだろうか」

「先輩、それは考えられないんでしょ？　娘のスキャンダルを闇に葬るには、少なくとも百数十人を片づけないといけないわけですから」

「そうだな。岩佐が言った通りだね。売春してた娘の父親が牧師というケースもあるんだが……」

「その牧師が『フォーエバー』の女社長を始末したこともあり得ないと思います」

「村瀬茜は、ほかの違法ビジネスをして甘い汁を吸ってたんだろうか」

「管理売春よりも荒稼ぎできるのは、麻薬密売でしょうね」

「堅気が麻薬ビジネスなんかやれないと思うよ」

「先輩の言った通りでしょうね。殺された女社長は買春したリッチな男たちを強請ってたんじゃないのかな」

「おれも、それは考えたよ。客は金を持ってる連中だったんだろうからな。しかし、渋谷署の生安課は買春客の身許を割り出せなかったんだよ。女子高生を抱いた奴らは偽名を使ってたんでな」

「そうだとしても、指名された女の子たちは客の指定したホテルや秘密のマンションに行ってたわけでしょ？　女の子たちがシラを切っても、車で送迎した奴はその場所を覚えてるはずですよ」

「捜査資料によると、女の子たちは客の指定した場所にひとりで行ってたようなんだ」

「だったら、体を売ってる女子高生たちに当たれば、客の身許は割れるでしょ？」

「客が特定できないということで、生安課の摘発チームは売春してた少女たちを取り調べてないようなんだ」

「先輩、それはおかしいですよ。表向きのオーナーの村瀬雅也は売春を斡旋したと認めたから、書類送検されたわけでしょ？」

「そうなんだがな。捜査の仕方が自然じゃないんで、おれは警察に圧力がかかったんではないかと睨んだんだよ。それで、生安課の課長に探りを入れてみたんだ」

三上は詳しい話をした。

「先輩、渋谷署の署長に有力者から圧力がかかったんじゃないんですか。それで、『女子高生お散歩クラブ』の捜査を早めに切り上げろと言われたんでしょ？　その人物が買春してないとしたら、親しい奴が女子高生と遊んでたんじゃないかな」

「岩佐も、そう思ったか。しかし、神谷署長は気骨がある。外部からの圧力に屈するような人間じゃないんだよ」

「署長が筋を通す方だとしても、階級社会の一員なんです。大物政治家や警察庁の偉いさんの頼みや指示を無視なんてできないでしょ?」

「そうだろうな」

「おれ、神谷署長の動きを探ってみますよ」

「恩義のある署長を疑いたくないが、おまえにちょっと動いてもらおうか」

「わかりました。ついでに、五代判事のことも少し調べてみます」

「岩佐、無理するなよ。自分の職務を優先してくれよな?」

「もちろん、仕事はきちんとこなしますよ。何かわかったら、すぐ報告します」

岩佐が電話を切った。三上は私物のモバイルフォンを懐に仕舞うと、背凭れに上体を預けた。

村瀬茜を亡き者にしたのは、いったい何者なのか。わがままで欲の深い被害者を快く思っていなかった人間は少なくないようだ。

捜査本部が怪しんだ和久滋、木滑春馬、篠誠は本当にシロだったのだろうか。判断ミスがあったのか。三上は少し不安になってきた。

　自分の心証では、いずれも捜査本部事件には絡んでいないと思う。これまでの経緯で、そう確信した。だが、なかなか容疑者の顔が透けてこない。

「今回の事件は、予想外にてこずるかもしれないな」

　三上は声に出して呟(つぶや)き、セブンスターをくわえた。何度か喫(す)いつけたとき、懐で官給の携帯電話が着信音を発した。

　三上は急いで煙草の火を消し、携帯電話を摑み出した。発信者は上司の城戸課長だった。

「きみに謝まらなければならない」

「どういうことなんです？」

　三上は問いかけた。

「きみが口にしてたことが気になったんで、聞き込みに回ってる主任の庄司に電話をかけたんだよ。庄司の奴、初めは空とぼけてたんだが、外部から圧力(アツ)がかかったことを白状したんだよ」

「どこの誰から圧力(アツ)がかかったんです？」

「警察庁の糸居保(いといたもつ)審議官から、ダイレクトに庄司主任に電話がかかってきたそうだ」

「審議官は警察官僚(キャリア)ですね。階級は警視監でしょ？」

「そうだ。次長や局長と同格の審議官からダイレクトに電話があったんで、庄司はすっかりアガってしまったそうだよ」

「そうでしょうね。その電話があったのは、いつだったんです?」

「『女子高生お散歩クラブ』にガサかけて間もなくだったそうだ。糸居審議官は従弟の公認会計士が買春してたんで、捜査に手加減してほしいと言ったらしい。キャリアに恩を売っといて損はないと庄司は考えて、独断で村瀬雅也だけを書類送検し、早々に幕を引くことにしたんだそうだ。それで、買春してた客たちは偽名を使ってるから身許の割り出しは困難だとわたしに報告してきたわけさ。そういうことなら、深追いしても時間の無駄になるだろうと判断したんで……」

「課長は、庄司主任の提案を呑んだわけか」

「わたしが軽率だったんだ。庄司は警察庁の審議官のことは、おくびにも出さなかったんだよ。そんな圧力がかかったと知ってたら、神谷署長にすぐに報告し、一緒にキャリアの横暴な圧力を排除してたさ」

「主任が独断でやったことは、署長に伝えたんですか?」

「ああ、報告済みだよ。署長が警察庁の首席監察官に連絡して、糸居審議官が本当に庄司に電話をしたかどうか確認してもらってるはずだ。とにかく、きみにきつい言い方をしたことを詫びるよ。申し訳なかった。庄司は反省して依願退職すると言ってるから、あいつの不始末を見過してやってくれないか。懲戒免職になったら、退職金を貰えなくなるからさ。庄司は四人も子供がいるんだよ。情けをかけてやってくれないか。頼むよ」

城戸課長が通話を切り上げた。

三上は終了キーを押し込んだ。ほとんど同時に、神谷署長から電話があった。

「城戸課長から庄司主任のことは聞いたね？」

「ええ、少し前に」

「庄司は偽電話に引っかかってしまったんだ。糸居審議官は庄司に電話なんかしてないという回答だったよ。それから、糸居さんには従弟はひとりもいないそうだ。従妹は四人いるらしいがね。女が女を買うわけない」

「庄司主任は偽電話を真に受けて、捜査を早々と切り上げてしまったのか」

「そういうことになるが、買春してた男たちは偽名で通してたわけだから、身許の洗い出しは難しかっただろう。城戸課長の監督不行き届きは否めないね。しかし、部下を信用してたわけだろうから、責任を取らせる必要はないだろう。庄司には退職してもらうつもりだ」

「そのへんのご判断は、署長にお任せします。どうやら買春してた男の誰かが糸居審議官の名を騙って、高級少女売春クラブの捜査を打ち切らせたんでしょう。そうでないとしたら、村瀬姉弟のどちらかが知り合いに偽電話をかけさせたんだと思います」

「そうなんだろうね。いろいろ錯綜してるが、単独捜査を続行してくれないか」

「了解です」

三上は電話を切ると、私物のモバイルフォンで岩佐に連絡をした。電話は、じきに繋がった。手短に経過を話す。

「そういうことなら、五代判事の動きを探ってみます」

岩佐が通話を切り上げた。三上は携帯電話を折り畳むと、プリウスを降りた。明治通りに出て、『マロニエ』を覗く。客の数は少し減っていた。

三上は店内に入り、四十年配の店長に身分を明かした。そして、アルバイトをしている二人の女子高生がある事件を目撃している可能性があるともっともらしく言って、協力を求めた。

店長は快諾し、三上を従業員休憩室に案内した。

「星さんと五代さんを一緒に呼んだほうがよろしいんでしょうか？」

「別々のほうがいいですね。先に五代百合さんを呼んでいただけますか」

三上は店長に言った。店長がうなずき、休憩室から出ていった。三上はテーブルの向こう側の椅子に腰かけた。

少し待つと、五代百合がやってきた。大柄で大人っぽく見える。百合がおどおどしながら、正面に坐った。

「『女子高生(JK)お散歩クラブ』のアルバイトの件で検挙しに来たわけじゃないんだ。きみと星さくらさんは、村瀬茜にひどいことをされたようだね？」

「えっ、なんでそのことを……」

「そんなことで、村瀬茜を憎んでたんだろうな。殺してやりたいと思ってたかもしれないな」

「憎んでたけど、わたしたちはどちらも彼女を殺してなんかいませんよ」

「きみのお父さんは裁判官の五代功さんだね？」

「そんなことまで調べたの⁉　ということは、わたし、疑われてるんですか⁉」

「参考までにアリバイを……」

「事件当夜は、星さんと一緒に青山の『R』というダンスクラブで踊ってました。すぐ調べてください」

「一応、アリバイは調べさせてもらうよ。お父さんは厳格らしいね。きみの進路まで自分で決めたがるようだな。親の干渉を避けたくて、アメリカの留学費用を工面する目的で違法なアルバイトをしてた。そういうことなんだね？」

「そうです」

「そのことには目をつぶるから、正直に答えてくれないか。お父さんは、きみが危険なバイトをしてたことに気づいてたのかな？」

「知りませんよ。バレてたら、わたしはその時点で殺されてたと思います。父は堅い一方で、世間の目を気にするタイプですから」

「そう。もういいよ。星さくらさんに替わってくれないか」

三上は言った。百合が拍子抜けした顔で立ち上がり、従業員休憩室から出ていった。

待つほどもなく、星さくらがやってきた。

「お父さんは牧師なんだってね？　タトゥーを親に内緒で入れたんで、勘当されちゃったらしいじゃないか。それで母方の伯母さん家に世話になってるんだって？」

「そうです。伯母に金銭的な負担をかけたくなかったんで、危ないバイトをやってたんですよ。村瀬姉弟は大嫌いだったけど、わたしたち、人殺しなんかしてないわ。アリバイもあります」

「それは、さっき五代さんから聞いたよ。牧師のお父さんが村瀬姉弟のあくどさを知ったら、理性を失っちゃうかもしれないな」

「父が村瀬茜を殺したんじゃないかと疑ってるの⁉　わたしの父親は牧師なんですよ。そんなことするわけありません」

「そうかな」

「刑事さん、手入れを受ける前にわたしをホテルに呼んだ五十代前半の男は、百合ちゃんのお父さんと同姓同名だったんですよ」

「なんだって⁉」

「たまたま同姓同名だと思ったんだけど、裁判官だと言ってたんで、びっくりしちゃったんです。それで、百合ちゃんにお父さんの体型をそれとなく教えてもらったんですよ。細身だというから、別人でしょうね。わたしを抱いた男は小太りだったの。そいつは何か理由があって、百合ちゃんのお父さんを陥れるつもりで、氏名と職業を偽ったんじゃないのかしら？」

「その疑いはあるかもしれないな。その客が村瀬茜を殺害して、五代百合さんの父親の犯行と思わせたとも考えられるな」

「ちょっと調べてもらえます？」

「わかった。もう仕事に戻ってもかまわないよ」

三上はさくらに笑顔を向け、ドアを手で示した。

2

店の外に出たときだった。

三上の懐で捜査用の携帯電話が鳴った。暗がりに走り入り、モバイルフォンを取り出す。

電話をかけてきたのは、伏見刑事課長だった。

「お待たせしました」

「生安課の庄司が受けた偽電話のことは、署長から聞いたよ。警察庁の審議官と騙った相手にまんまと引っかかるとは、お粗末すぎるな。庄司は子だくさんだから、少しでも早く昇任試験に合格して俸給額をアップしたかったんだろう」

「そうなんですかね。点数を稼ぐチャンスだと思ったことは間違いないでしょうが、そこまで考えてたかどうかは……」

「庄司のことはともかく、捜査本部（チョウバ）は売春してた五代百合の父親を捜査対象者にしたよ」

「東京高等裁判所の五代功判事をマークしはじめたんですか」

「そうなんだ。本庁（ホンブ）の捜査班は、五代判事が娘の百合をちょくちょく尾行してたことを調べ上げたんだよ」

「そうなんですか」

「五代は変装して、娘の行動を探ってたにちがいない」

「ええ、多分ね」

「判事がよく娘を尾けてたんなら、いかがわしいアルバイトをしてたことも知ったと思われるね。そして、娘の百合が村瀬姉弟に体を売ることを強いられたんではないかと考えたのではないか。担当管理官はそう推測して、捜査班に五代功をマークさせたんだ。管理官は、五代判事が一月十四日の事件に絡んでると読んだんだろうな」

「担当管理官は、百合の父親が村瀬茜を殺害した疑いが濃いと思ってるんでしょうね」

「そうなんだろう。裁判官の娘が体を売ってたのは自分の意思からではなく、村瀬茜に何らかの弱みを押さえられたからにちがいないと考えたんじゃないか。それで、五代功は自分たち一家の将来を閉ざした女社長を抹殺する気になったのかもしれない。きみは、担当管理官の筋読みをどう思う？」

「こっちも最初は、東京高等裁判所の判事が被害者を絞殺した疑いもありそうだと考えてました。ですが、何者かが五代功に濡衣を着せようと企んでる気配があるようなんで……」

三上は、星さくらの証言を明かした。

「さくらという娘を買った五十年配の小太りの男が情事の場で自分の氏名を洩らしたのは、なんか作為的だね」

「そうなんですよ。星さくらも不自然さを感じたんで、五代百合に父親の容姿について訊ねたんでしょう。本人は細身らしいから、星さくらを指名したのは別人だと判断したわけですよ」

「ああ、別人だろうね。その小太りの男は何か五代功に個人的な恨みがあって、殺人犯に仕立てようとしたんじゃないだろうか」

「その男自身か、縁者が裁判で予想以上の重い判決を裁判長の五代功から下されたのかもしれませんね。たとえば、検察側の求刑よりも重かったとか、控訴を棄却されたとか」

「そうなのかもしれないな。そんなことで、小太りの男は五代功を逆恨みするようになった。そう筋を読むことはできるな」

「ええ」

「そうだとすれば、五代判事は捜査本部事件ではシロなんだろう」

「東京地検で大学の後輩が検察事務官をやってますんで、そいつに五代功担当の裁判の公判記録を集めてもらいます。重い有罪判決を下された被告人を割り出せると思います」

「そうしてくれるか。判決を不満に思った被告人か、その縁者が村瀬茜と何かで揉めて、五代功に殺人の罪を被せようとしたのかもしれないからな」

「そうですね」

「捜査本部(チョウバ)の動きは、ちょくちょく伝えるようにするよ」

伏見が電話を切った。

三上は、二つに折り畳んだ携帯電話を懐に戻した。そのとき、『マロニエ』の隣の輸入雑貨店の前に黒いカローラが停まった。ナンバープレートの数字の上に〝わ〟が冠されている。レンタカーだ。

カローラの運転席から、若い男が降りた。

三上は目を凝(こ)らした。須賀敬太だった。

『女子高生(JK)お散歩クラブ』の店長を務めていた男は『マロニエ』の店内を覗き込むと、すぐにレンタカーの中に戻った。星さくらと五代百合がアルバイトをしているかどうかを確かめたのではないか。

カローラは走りだそうとしない。しばらくカフェの斜め前で張り込むつもりなのだろう。

三上は自然な足取りで脇道に入り、プリウスに乗り込んだ。

車を明治通りに移動させ、手早くライトを消す。レンタカーの数十メートル前である。

長い時間が流れた。

須賀は車の中から、ずっと『マロニエ』の出入口を注視している。どうやら星さくらと五代百合を監視しているようだ。

売春をしていた女子高生は百人以上もいた。さくらと百合の二人の動きを気にするのは、なぜなのか。

三上は考えを巡らせた。『マロニエ』でアルバイトをしている二人は、村瀬姉弟に３Ｐの相手をさせられた。その仕返しとして、さくらと百合は高級少女売春クラブの実態を匿名でマスコミに密告する気でいるのかもしれない。

そんなことをされたら、『女子高生お散歩クラブ』の店長だった須賀は窮地に追い込まれる。摘発のときは、合法的なデリバリーを指示されただけだと主張し、刑罰は免れていた。

しかし、実は売春の斡旋をしていたことを知っていたとなれば、須賀も村瀬雅也同様に児童買春・児童ポルノ禁止法及び労働基準法違反の対象者になる。書類送検されることは間違いない。

須賀は、それを恐れているのか。

さくらと百合が私服でアルバイト先から出てきたのは、午後十時過ぎだった。二人は表参道をたどって、ＪＲ原宿駅に向かった。

須賀がレンタカーで二人を追尾しはじめた。三上は少し間を取ってから、カローラを追った。

さくらたちは、有名なパンケーキの店に立ち寄った。だが、すでに営業時間は終わっていた。二人は残念そうな表情で原宿駅に向かって歩きだした。

須賀はさくらたちが原宿駅の改札を抜けるのを見届けると、レンタカーを恵比寿方向に走らせた。三上はプリウスで、須賀の車を尾けつづけた。

やがて、レンタカーは恵比寿駅の近くにある洒落た深夜レストランの専用駐車場に入った。三上は、レストランの斜め前の路上に専用覆面パトカーを停めた。車内で煙草を一本喫ってから、サングラスをかけて車から降りる。

三上はレストランのドアを押した。

人と待ち合わせをしているような振りをして、素早く店内を見回す。須賀は奥の席で、村瀬雅也と向かい合っていた。何か密談している様子だ。

三上はオーバーに首を傾げ、レストランを出た。大股でプリウスに戻る。

須賀は村瀬に頼まれて、星さくらと五代百合を監視していたのか。二人の女子高生は

『女子高生(JK)お散歩クラブ』の実態をマスコミにリークする恐れがあるのではなく、何か別のことで村瀬に警戒されていたのかもしれない。

さくらと百合は、何をしようとしているのか。『マロニエ』でアルバイトをしていても、たいして稼げない。二人は体を売っていたとき、買春の客をこっそり尾行して身許を割り出していたのだろうか。そして、相手を強請っていたのか。

そうだとすれば、時給千円にも満たないアルバイトをする必要はないだろう。三上は一瞬、そう思った。二人が『マロニエ』でアルバイトをしているのは悪事(こと)を糊塗するためなのかもしれない。

村瀬雅也は須賀を使って、さくらと百合が買春した客を恐喝している証拠を押さえようとしているのか。さくらたちが恐喝を重ねていたら、当然、少女たちを買った客は村瀬にクレームをつけるだろう。

買春した男たちを怒らせたら、村瀬は自分が殺されるかもしれないと怯(おび)えたのか。考えられないことではない。

懐で私物の携帯電話が打ち震えた。

三上はモバイルフォンを摑み出した。発信者は岩佐検察事務官だった。

「判決に不満だった被告人か親族が五代判事に逆恨みして、殺人犯に仕立てようとした疑いもありそうですね。明日、公判記録を揃えて先輩に渡しますよ」

「無理を言って悪いな」

「どうってことありませんよ。星さくらに五代功と名乗った小太りの五十男は割り出せる気がします」

　通話が終わった。

　三上は私物の携帯電話を所定のポケットに戻し、セブンスターをくわえた。一服して、そのまま張り込みをつづける。

　須賀がレストランから出てきたのは十一時十分ごろだった。村瀬と一緒ではなかった。

　須賀はレンタカーに乗り込むと、すぐさま発進させた。カローラをレンタカー会社の営業所に返しに行くのか。それとも、何日間か借りることになっているのだろうか。後者だとしたら、代々木上原の自宅マンションに戻るのかもしれない。

　三上はそう思いながら、プリウスを走らせはじめた。

　須賀の車は広尾を抜けて、六本木方面に走っている。自分の塒とは方向が違う。

　三上は細心の注意を払いながら、レンタカーを追跡した。カローラは二十分ほど走り、鳥居坂から一本奥に入った八階建てのマンションの脇に停まった。すぐにライトが消された。

三上は、プリウスをレンタカーの数十メートル後方のガードレールに寄せた。ライトを消し、エンジンも切る。

なぜだか須賀はカローラを降りない。午前零時が迫ったころ、マンションのアプローチから見覚えのある男が現われた。ブラックジャーナリストの篠誠だった。

篠の愛人がマンションに住んでいるのかもしれない。須賀は依然として、レンタカーの運転席に坐ったままだ。

篠はウールコートの襟を立て、両手をポケットに突っ込んだまま歩きだした。

カローラが動きはじめた。ライトは灯されていない。篠は鳥居坂に向かうようだ。六本木五丁目交差点まで遠くない。外苑東通りに出れば、いくらでもタクシーは拾える。

三上はスモールランプだけを点け、プリウスを徐行運転しはじめた。

そのすぐ後、レンタカーが急に加速した。無灯火のままだ。どうやら須賀は、レンタカーで篠誠を轢き殺す気でいるらしい。村瀬に頼まれたと思われる。

篠が背後のエンジン音に驚き、足を止めた。ウールコートのポケットから両手を抜いた瞬間、カローラのヘッドライトが短く点滅した。

篠は額に小手を翳し、棒立ち状態になった。レンタカーのエンジン音が高くなる。

ブラックジャーナリストは道端にいったん寄って、建物の外壁にへばりついた。カローラが急ブレーキを掛ける。

篠が夜道を疾駆しはじめた。

カローラが急発進した。篠がS字に走りながら、後方を振り返る。カローラは執拗に篠を撥ねようと蛇行しつづけた。

篠が脚を縺れさせて、路上に前のめりに倒れた。カローラが突進する。篠は横に転がり、間一髪でタイヤを躱した。

レンタカーはそのまま裏通りを七、八十メートル走り、右折して鳥居坂に向かった。

三上はプリウスを篠の近くに停め、運転席を離れた。篠は道端に倒れたまま、肩で呼吸している。

「どこか傷めたのか？」

三上はブラックジャーナリストに声をかけた。篠が唸りながら、上体を起こした。

「あっ、おたくは⁉」

「危うく轢き殺されるとこだったな」

「カローラを運転してたのは、誰だったんだ？　暗くて男の顔はよく見えなかったんだよ」

「ドライバーに心当たりがあるはずだ。おれも強請で喰ってるんで、よく命を狙われるよ」

「思い当たる奴はいない」

「なら、教えてやろう。『女子高生(JK)お散歩クラブ』の店長をやってた須賀敬太だよ」

「そいつが、なんでおれを轢き殺そうとしたんだ⁉　動機がわからないね」

「あんた、少女買春をしてたリッチな男たちの身許を割り出して、口止め料をせしめてたじゃないか。立てよ」

三上は促した。篠が左肘(ひだりひじ)を庇(かば)いながら、のろのろと立ち上がる。

「倒れたとき、肘を強く打ったようだな？」

「そうなんだ。それはそうと、おれは絶対に村瀬茜は誰にも始末させてない。あの女は、いつも上手に商談をまとめてくれてたんで、まだまだ利用価値があった。そんな相棒を消すわけないじゃないか。分け前を四割から五割にしてやっても、いいパートナーと思ってたからな」

「女社長殺しでは、シロなんだろう。だが、あんたは村瀬姉弟に恨まれるようなことを陰でやってたんじゃないのかっ」

「何をしてたと言うんだ？」

「女子高生を買ってた富裕層の男たちをこっそり強請ってたんじゃないか？　茜はそのこ

とに気づいてたのかもしれないが、打算や思惑があって黙認してたとも考えられる。だが、茜の弟は面白くなかっただろう」

「彼女の弟の雅也が須賀という男に命じて、このおれを殺させようとしたのか」

「それは未確認だが、そう考えてもいいだろうな。命を狙われた理由については、察しがつくだろうが？」

「わからないよ、わからない」

「そうか。あんたが出てきたマンションには、愛人が住んでるんだろ？」

「おれが世話してる元クラブホステスにおかしなことをしたら、黙っちゃいないぞ」

「女に妙なことはしないよ。また命を狙われるかもしれないから、気をつけるんだな」

三上は言い置き、プリウスに駆け寄った。運転席に乗り込み、代々木上原に向かう。

須賀の住むワンルームマンションに着いたのは、およそ三十分後だった。ワンルームマンションの隣家のブロック塀には、見覚えのあるカローラが寄せてあった。須賀は帰宅しているようだ。

三上はプリウスを路上に駐め、ワンルームマンションの敷地に入った。二階に上がり、須賀の部屋のインターフォンを鳴らす。

ややあって、部屋の主の声がスピーカーから流れてきた。

「どなた？」

「夜更けに済みません！　上の三〇五号室を借りてる者です。うっかり花瓶を倒してしまって、水を床に零しちゃったんですよ。ご迷惑をかけました」

三上は声色を使った。

「別に天井から水は漏れてないな」

「そうですか。よかった。お詫びのしるしに、菓子折を受け取ってもらえませんか」

「いいのに、詫びなんて」

「でも、こちらの気が済みませんので……」

「わかりました。いま、ドアを開けます」

須賀の声が熄んだ。三上はドアの横に移った。

内錠が外され二〇五号室のドアが開けられる。三上は室内に躍り込んだ。

「あっ、あなたは」

「原宿の『マロニエ』でバイトをしてる星さくらと五代百合をなぜ監視してたんだ？」

「おれ、そんなことしてませんよ」

「空とぼけても意味ないぞ。そっちがカフェの斜め前で何時間も張り込んで、さくらと百合が原宿駅の改札を通るのを見届けたこともわかってるんだよ」

「えっ⁉」

　須賀がうろたえた。

「その後、そっちは恵比寿の深夜レストランで村瀬雅也と会った。それからレンタカーで鳥居坂に回って、八階建てのマンションから出てきたブラックジャーナリストの篠誠を無灯火の車で轢き殺そうとした。そうだな？」

「おれ、篠を轢き殺す気なんかなかったんだ。村瀬さんに頼まれて、ちょっと篠をビビらせただけなんですよ。篠は、村瀬さんの姉さんに払うと約束した金をなんだかんだと言って、三千万も未払いらしいんだ。村瀬さんが幾度せっついても、払おうとしないみたいなんですよ。それで、頭にきた村瀬さんはおれに三十万やるから、篠に命を狙われてると思わせてくれって言ったんだ」

「支払いの三千万円というのは、企業恐喝の分け前なんだな？」

　三上は確かめた。

「そうだと言ってたよ」

「さくらと百合の動きを探ってたのも、村瀬雅也に頼まれたからなのか？」

「そうだよ。いえ、そうなんですよ。村瀬さんは百合たち二人が、そのうち警察かマスコミ関係者に喋るかもしれないと思ってるみたいなんだ。偽名を使って月に二、三回、女子高生を買ってた客の中には闇社会と深い繋がりのある人物もいるから、村瀬さんは消されてしまうかもしれないとビクビクしてるんだよね」

「それだけの理由で、村瀬はびくついてるんじゃない気がするな。『女子高生（JK）お散歩クラブ』の表向きの経営者は、買春してた客の致命的な弱みを恐喝材料にして途方もない口止め料を姉貴と一緒に要求してたんじゃないのか。え？」

「致命的な弱みって、具体的にはどういうことなのかな？」

　須賀が呟くように言った。

「たとえば、客の男がプレイ中にベッドパートナーの少女を死なせてしまったとかだな。焦（あせ）った男は知り合いをホテルか秘密のマンションに呼んで、死体を遺棄（いき）してもらったのかもしれない」

「登録メンバーの中に死んだ娘（こ）なんていないな」

「なら。客の誰かが強引にナマで姦（や）って相手の娘を未婚の母にしたのかもしれない。社会的地位のある男がそんなことをしたら、大変なスキャンダルになる。多額の口止め料をぶったくれるだろう」

「妊娠した娘（こ）もいないっすよ」

「そうか。おれのことを村瀬雅也に話したら、そっちは殺人未遂で逮捕（パク）られることになるぜ。そのことを忘れるな」

三上は須賀を威し、部屋の外に出た。

3

仕切り壁の向こうから、女の喘ぎ声が洩れてきた。

新橋にあるレンタルルームだ。どうやら隣室では、真昼の情事がはじまったらしい。

三上は苦く笑って、セブンスターに火を点けた。須賀敬太を問い詰めた翌日の午後二時過ぎである。三上は検察事務官の岩佐を待っていた。

五代功が裁判長を務めた裁判の公判記録の写しを持ってきてもらうことになっていた。被告人の中に五代功になりすまして十代の少女を買った者がいる気がする。刑事の勘だった。

隣室のカップルが烈しく唇を吸い合い、体をまさぐり合う気配が伝わってきた。女の喘ぎは、なまめかしい呻きに変わった。

男も息を弾ませ、時々、唸った。声から察して、中年だろう。女の声は若々しい。上司と部下の不倫カップルが別々に職場を脱け出し、レンタルルームの一室で求め合っているのか。

「すごい濡れ方だな。ぬるぬるじゃないか」

「係長の指の使い方が上手だからよ。奥さんにも同じことをしてるんでしょ？」

「してない、してない。もう二年近くセックスレスなんだ」

「嘘ばっかり！」

「本当だよ。もう待てない。くわえてくれないか」

「ふやけるまでしゃぶってあげる」

女が嬌声をあげ、男から離れた。気配でわかった。

男は口唇愛撫を受けながら、何度か切なげな声を零した。それから彼は不倫相手をソファに横たわらせ、秘めやかな部分を唇と舌で慈しみはじめた。音で察することができた。

「まいったな」

三上は低く呟き、短くなった煙草の火を消した。

隣のブースにいる男女は、ほどなく体を繋いだ。体位まではわからなかったが、ソファがリズミカルに軋みはじめた。どちらも息遣いが荒い。

ちょうど二人が昇りつめる寸前、岩佐がブースに入ってきた。三上はにやついて、隣のブースを指さした。

岩佐が目を丸くして、三上の正面のソファに腰かけた。その直後、女が先に沸点に達した。憚りのない声を迸らせ、不倫相手の名を口にした。浜中という姓だった。

浜中が動物じみた声を轟かせ、終わりを迎えた。少し経ってから二人は後始末をして、ブースから出ていった。

「不倫カップルみたいだったよ」

「世の中、乱れてますね。それはそうと、頼まれた公判記録の写しを持ってきました」

岩佐が蛇腹封筒の中から、裁判記録の複写の束を抜き出した。三上はそれを受け取り、ざっと目を通した。

地裁の判決に納得できずに控訴した被告人は四人いた。それぞれに怪しい点があったが、三上は動物用医薬品を違法に大量販売していた会社の社長の犯罪が気になった。

「五代功と称して星さくらという女子高生を買ったのは、おそらく動物用医薬品販売会社『三光薬品』の社長の江森章宗、五十二歳でしょう」

岩佐が言った。

「おれも、そう直感したよ。『三光薬品』は全国の畜産農家に豚用の抗生物質を主に販売してるんだが、獣医師に家畜の診断をさせずに〝指示書〟を発行してもらってた」

「それが、そもそも薬事法と獣医師法に触れてるんですよ。病気の家畜は獣医師が直に診察して、その病気に適った〝指示書〟を発行しなければならないんです。人間に出される処方箋と同じなんですよね」

「畜産農家は〝指示書〟の薬を買い求めて、家畜に投与してるわけだ?」

「そうです、そうです。抗生物質は効き目が強いんで、神経系の薬品と同様に要指示医薬品に指定されてるんですよ」

「岩佐、物識りだな」

「公判記録をよく読んだだけですよ。『三光薬品』の社員だった男が違法販売したことを内部告発したことに江森社長は怒って、チンピラたち三人を雇い、告発者の一ノ宮敦を袋叩きにさせたんです」

「で、暴行教唆で起訴された江森社長は東京地裁で有罪判決を下された。それを不服として控訴したわけだが、五代裁判長は棄却したんだな?」

「ええ、そうです。江森は全国に動物用医薬品販売会社が二千五百数十社あって、その大半が抗生物質の違法販売を四十年近く前からやってるのに、自分の会社だけ罰するのは不公平だと申し立てたんですよ」

「その話は事実なのかな?」

「だと思います。監督官庁である農林水産省は獣医が自身で家畜を診てから〝指示書〟を発行するよう厳しく指導してきたんですが、抗生物質の違法販売は業界の常識になってるようですね。多くの動物用医薬品販売会社は十人から二十人の獣医に〝指示書〟だけを発行してもらって、謝礼を払ってるんですよ」

「その裏付け(ウラ)は当然、地検は取ってるんだろうな?」

「もちろんですよ。畜産農家を検察事務官が訪ね歩いて、獣医の診察を受けずに〝指示書〟を得てる事実を大勢の人間が証言しました」

「農水省が本気で取り締まってないなら、江森が不服を申し立てる気持ちはわかるな」

三上は言った。

「その点は、そうですよね。しかし、『三光薬品』の江森社長は内部告発者の一ノ宮敦をチンピラたちに痛めつけさせてますでしょ?」

「ああ。それが悪質だと東京地裁は江森に有罪判決を下したわけか。江森は控訴したんだが、東京高裁は棄却した。執行猶予付きだが、一年七カ月の刑は不服だったにちがいない」

「ええ、そうなんでしょう。それだから、江森は五代判事を逆恨みして……」

「少女売春をしてる女子高生たちに、自分は五代功と騙(かた)ったのか。江森は、『女子高生(JK)お散歩クラブ』の本当の経営者が村瀬茜だということを何らかの方法で知ったんだろうな」

「そうなんだと思います。担当検事に確認したところ、江森が小太りであることがわかりました」

「そうか」

「先輩、江森が誰かに村瀬茜を殺らせる動機が不明ですよね？」

「江森は買春の件で、茜に強請られてたのかもしれないぞ。だから、茜を亡き者にして、その濡衣を五代に着せようとしたんじゃないだろうか。わざわざベッドパートナーの星さくらに五代功と騙ったのは、単に判事のイメージダウンを狙っただけじゃない気がするんだよ。五代が捜査本部事件の重要参考人と目されることを期待してたんだと思われるな。『三光薬品』の本社はJR品川駅の近くにあるんだろう？」

「ええ、そうですね。内部告発した一ノ宮は退社後、千葉県船橋市にあるペットフード製造会社に転職してますね。えーと、会社名は確か『オリエンタルペットフード』だったな」

「先に一ノ宮敦に会ってから、『三光薬品』の本社に回ってみるよ。おまえを職場に送り届けてから、一ノ宮の勤め先に行くことにしよう」

「いいですよ」

「あんまり長く油を売ってちゃ、まずいだろうが？」

「しばらく借りるぞ」

江森の公判記録の写し、職場まで送る。そう言った。

岩佐が笑いながら、そう言った。

「なんとかごまかします」

「とにかく、職場まで送る。江森の公判記録の写し、しばらく借りるぞ」

「ええ、どうぞ」

「残りの分は持って帰ってくれないか」

「わかりました」

「事件に片がついたら、一杯奢(おご)るよ」

三上は必要な写しを手にして、勢いよく立ち上がった。岩佐が余計な公判記録の写しを急いで蛇腹封筒に突っ込み、すぐに腰を上げる。

二人はレンタルルームを出ると、七、八十メートル先の有料立体駐車場まで歩いた。三上はプリウスの助手席に岩佐を坐らせ、霞(かすみ)が関(せき)に向かった。

十数分で、合同庁舎6号館に着いた。三上は岩佐を降ろすと、千葉県船橋市に車を向けた。

目的のペットフード製造会社を探し当てたのは、午後三時半過ぎだった。市街地から少し離れた場所にあった。雑木林と新興住宅に囲まれている。

三上は広い駐車場にプリウスを置き、一階のエントランスロビーに足を踏み入れた。受付カウンターで警察手帳を呈示し、一ノ宮敦に面会を求める。

二十代半ばの受付嬢は緊張した面持ちで、クリーム色の内線電話の受話器を摑み上げた。

「ただの聞き込みなんで、誤解しないように。別に一ノ宮さんが犯罪に絡んでるわけじゃないんだ」

三上は、くだけた口調で言った。受付嬢が無言でうなずき、プッシュボタンを押した。

遣り取りは短かった。

「通路の奥に検査一課があるんですが、その前に応接コーナーがあります。そこで、お待ちいただけますでしょうか」

「わかりました。ありがとう」

三上は礼を言って、奥に進んだ。五十メートルほど歩くと、左手に応接コーナーがあった。その先に検査一課のプレートが見える。

三上は布張りのソファに腰かけた。近くには誰もいない。好都合だ。

一分も経たないうちに、検査一課から四十歳前後の男が姿を見せた。背広姿だ。

公判記録によると、一ノ宮は四十一歳である。年恰好から察して、本人だろう。会釈する。

「お待たせしました。一ノ宮です」

「渋谷署の三上です。管内で先月十四日に発生した事件の聞き込みに回ってるんですよ」

「刑事さんはペアで行動されてるはずですが……」

「通常はそうなんですが、手が足りないときは単独捜査をしてるんですよ。偽刑事じゃありませんから、ご安心ください」

三上は立ち上がって、警察手帳を懐から取り出した。見せたのは表紙だけだった。

「別に疑ったわけではありません。どうぞお掛けになってください」

一ノ宮が言って、向かい合う位置に坐った。三上も腰を落とす。

「渋谷で起こった殺人事件というと、ブライダルプランナーの女性が絞殺された事件ですね？」

「そうです。被害者の女社長は本業の赤字を埋めるため、実弟に高級少女売春クラブの経営を任せて荒稼ぎしてたんですよ」

「そうなんですか」

「あなたが勤めてた『三光薬品』の江森社長が、そのクラブに登録してた女子高生をちょくちょく買ってたんです」

「江森は十代の少女に異常に関心を持ってるんです。高校を卒業したばかりの新入社員に手をつけて、親に怒鳴り込まれたことがありました。ロリコンなんでしょうね」

「そうなんでしょう。江森社長は現職の判事になりすまして、十代の女の子たちを買ってたんですよ。名を騙られたのは、東京高裁の五代功判事です。その名に聞き覚えはあるでしょ？」

「ええ。法廷で五代判事を直に見てますよ。もうご存じかもしれませんが、わたし、一年あまり前まで『三光薬品』の社員だったんです」

「そのことはわかってます。あなたは、会社が動物用医薬品を違法販売してることを内部告発したんでしたね？」

「そうです。東京地検に告発したんですよ、違法販売のことをね。社長は、江森はそのことを知ると、三人のチンピラにわたしを襲わせたんです。わたしは全治二カ月の怪我を負わされました。顔面を代わる代わるに殴られて鼻の軟骨が潰れ、頬骨にもヒビが入ってしまいました。前歯も一本折られたんですよ。いまは、差し歯を入れてますけど」

「とんだ災難でしたね」

「ええ。江森は地裁の判決に納得できないからと控訴しました。しかし、東京高裁の五代裁判長は棄却したんです」

「そうですね。江森社長は棄却されたことで、五代裁判長を逆恨みしてたんだろうか」

「そうなんでしょう。棄却された翌日に江森はぼくに電話してきて、正義漢ぶりやがってと悪態をつきました。それから被害をオーバーにしたくて、外科医にインチキな診断をさせたんではないかと疑ってましたね」

「反省してないんだな、まったく」

「三人のチンピラをけしかけといて、自分は家畜用抗生物質の違法販売の見せしめにされたと怒ってました。確かに『三光薬品』だけが獣医の診察抜きで、豚用の抗生物質を違法に畜産農家に売ってるわけじゃありません」

「そうみたいですね」

「だからといって、薬事法と獣医師法を無視してもいいということにはならないでしょ？」

「おっしゃる通りです。れっきとした法律違反ですからね」

「江森は、わたしのことを恩知らずの裏切り者と憎々しげに罵ってました。しかし、わたしは特に世話になったとは思ってません。給料分の仕事はこなしましたんで、裏切り者呼ばわりされるのは心外ですよ」

一ノ宮が言い募った。いかにも悔しそうだった。

「あなたがしたことは間違ってませんよ。農林水産省が家畜用抗生物質の違法販売を厳しく摘発しないことが一番悪いわけですが、販売業者たちの企業モラルにも問題はあると思いますね」

「〝指示書〟を乱発する獣医たちも問題です。養豚農家の経営は楽じゃありません。半年かけて豚一頭を育て上げても、一万円前後しか値がつかないんですよ。医薬品販売業者や獣医は生産者の金銭的な負担を軽くしてあげたいと考えたわけですが、法律を破ってはいけません。法治国家なんですからね。わたしは、そういうルーズさが赦せなかったんですよ。だから、内部告発に踏み切ったわけです。『三光薬品』にはいられなくなると思ってましたが、やはり業界ぐるみの不正に目をつぶることができませんでした。妻や子は青臭すぎると半ば呆れてましたけどね」

「一ノ宮さんみたいな方がいなくなったら、この国はもっと腐敗するでしょう。話を元に戻しますが、江森社長は五代判事に何か報復をしてやるとはうそぶいてませんでした?」

「そのうち法律家でいられなくしてやるつもりだと言ってましたよ。何か五代判事の弱みを押さえるつもりなんでしょうが、高潔な裁判官の私生活に乱れなんかないと思います」

「でしょうね。お仕事の邪魔をしてしまって、すみませんでした。ご協力に感謝します」

三上はソファから立ち上がった。

趣味が悪い。

4

受付カウンターの真上には、江森社長の肖像写真が掲げられている。『三光薬品』本社ビルの一階だ。社屋は六階建てで、JR品川駅から一キロほど離れた場所にあった。

三上は受付カウンターに歩み寄り、読毎タイムズ経済部の記者を装った。

「創業者列伝というコラムをシリーズで掲載することになったんですが、ぜひ貴社の代表取締役にもご登場していただきたいんですよ。取材を受けていただけるんでしたら、すぐにインタビューさせてもらいたいんですよ」

「それは嬉しい話ですね。社長の江森は喜んで取材に応じると思います。ただ……」

受付嬢が困惑顔になった。

「日を改めないと、インタビューは無理かな？」

「それは可能でしょう。ですけど、いまは役員会議中なんですよ。もう三十分もすれば、会議は終わる予定なのですが……」

「それなら、どこかで時間を潰して四十分後にまた来ます」

「そうしていただけますか。あのう、お名前は？」

「露木、露木悠です。では、後ほど！」

三上は偽名を使って、体を反転させた。表に出ると、寒風がまともに吹きつけてきた。

まだ午後五時前だったが、外は暗い。三上は路上に駐めたプリウスに駆け寄り、すぐにエンジンを始動させた。暖房を強めてから、捜査資料のファイルを開く。

村瀬雅也の自宅の電話番号は記されていた。

三上は私物のモバイルフォンを用いて、村瀬宅の固定電話を鳴らした。スリーコールで、当の村瀬本人が電話口に出た。

「おれは篠誠の知人だ。おたく、『女子高生お散歩クラブ』の店長だった須賀敬太って野郎を使って篠をビビらせたな？」

三上は鎌をかけた。

「須賀のことはよく知ってますが、そんなことはさせてませんよ」

「白々しいぜ。おれは数日前から篠のボディーガードをやってたんだよ。昨夜、篠は鳥居坂にある愛人宅に行った。おれは、愛人の住むマンションの近くにいた。カローラが愛人宅から出てきた篠を無灯火で轢きそうになったとこを目撃してるんだ」

「………」

「それだけじゃない。レンタカーのカローラのナンバーをメモして、借り主が須賀であることを調べ上げた」

「えっ⁉」

「おれは代々木上原にある須賀の自宅マンションに行った。部屋は二〇五号室だったかな。須賀にちょいと威(おど)しをかけたら、おたくに頼まれて篠を轢く真似をしたって白状したぜ」

「あんた、何者なんだ？」

「一匹狼のアウトローってとこかな。篠は、おたくの姉貴に企業恐喝の代理人をやってもらったことには感謝してるよ。けど、未払いの報酬はないと言ってたぜ」

「嘘だ。おれの姉貴は、まだ三千万円を貰ってないと何度も言ってた。ヤマト化学工業が現閣僚の愛人に一億円をカンパした証拠を篠誠が押さえて、姉貴が代理人として動いたときの謝礼だよ。おれの姉は経産大臣の愛人から八千万円の現金を受け取って、そのまま篠に手渡したと言ってた。後日、三千万の謝礼をくれるという約束だったのに、篠はそれを反故(ほご)にしたと怒ってたよ。だから、死んだ姉貴の代わりにおれが催促したんだが、篠はもう払ってるの一点張りだった。だから、欲の深いブラックジャーナリストを少し怯(おび)えさせたんだよ」

村瀬が言った。

「おれは篠の言ったことを信じる。あいつは金銭欲が強いけど、これまでに共犯者を騙したことはない。おたくの姉貴は謝礼を二重奪りする気になって、弟に嘘をついたんじゃないのか」

「姉貴はおれにいい加減なことを言ったりしないよ」

「弟としては、そう思いたいだろうな。仮に三千万が未払いだったとしても、いいじゃないか。篠は村瀬茜に頼まれて、高級少女売春クラブの客たちを強請ってやったと言ってたぜ」

三上は鎌をかけた。

「姉貴は篠にそんなことは頼んでないっ。絶対にそれはあり得ない」

「そう断言できるのは、どうしてなんだ？　おたくが女子高生を金で買ってたリッチな客たちの本名や職業を調べ上げて、口止め料をせしめたのかな。それ、考えられるね」

「どの客も成功者なんで、一様に用心深かったんだ。全員が偽名を使ってたと思われるし、女の子を指名するときも公衆電話やプリペイド電話を利用してたんだよ」

「そうするだろうな。しかし、金を持ってる客がシャワーを浴びてるときに女の子は運転免許証やカード類をこっそり見ることもできるだろうが？」

「そういうことはするなとくどいほど言い聞かせてたんだ」

「本当かね。そうだったとしても、ロリコン男たちの身許は割り出せるよな。おたくたち姉弟（きょうだい）が女子高生をデリバリーしたホテルかマンションに行って、客たちを尾（つ）ければいいわけだからさ」

「おれたち二人は、そんなことしてない。探偵や便利屋に客たちを尾行させたこともないよ」

「変だな。篠はおたくの姉さんに頼まれて高級少女売春クラブの客たちから口止め料をせしめてやってたと何度も言ってたんだ」

「でたらめだよ、そんな話は。あっ、もしかしたら……」

「何だい？」

「おたく、篠誠に姉貴を殺（や）ってくれないかと頼まれてたんじゃないのか？　姉貴は分け前のことで篠と揉めてたようだからな」

「危（ヤバ）いことはいろいろやってきたが、殺人（コロシ）は一度も請け負ったことないよ。成功報酬が一億だったとしても、捕まったら、割に合わないじゃないか」

「篠誠に言っといてくれ。すんなり三千万をおれに払わないと、企業恐喝の証拠を切り札にするってな。恐喝の交渉人を引き受けた姉貴は、証拠の一部をこっそり手許に残してたんだよ」

「抜け目のない女だな。その証拠物はどこにあるんだ?」

「教えるもんか。未払い分を払ってくれたら、姉貴が安全な場所に保管してある証拠物を二千万で売ってやってもいいよ」

村瀬が笑いを含んだ声で言った。

「あんた、欲が深いな」

「金はいくらあっても、邪魔にはならないじゃないか。人間の心までは買えないが、大金があれば、たいていの夢は叶う」

「ブラックジャーナリストを甘く見ないほうがいいぞ。篠は、裏社会の顔役たちとも繋がりがあるんだ。あんまり欲を出すと、長生きできないぜ」

「おれも、捨て身で生きてる奴らを何人か知ってるよ。篠がこちらの要求を突っ撥ねる気でいるんなら、鳥居坂のマンションに囲ってる愛人ともう会えなくなるぞ。そう言っといてくれないか」

「開き直ったか。いいだろう、篠にそう言っといてやるよ」

三上はモバイルフォンを折って、懐に戻した。

それから間もなく、官給携帯電話が着信した。三上は手早くモバイルフォンを摑み出した。非通知の電話がかかってくるのは珍しい。

「三上ですが、どなたかな?」

「庄司、庄司学です。城戸課長に辞表を受理してもらって、神谷署長に謝罪してきました。三上さんが生安課に所属しながら、署長の特命で極秘捜査をしてることを聞きました」

「そう。そのことは課の者はもちろん、渋谷署のほかの警察官や職員にも内緒にしておいてほしいんだ」

「ええ、決して他言しません。課長と署長にも同じことを言われましたんで。それはそうと、偽電話にまんまと引っかかってしまったことを恥じています。警察庁（サッチョウ）の糸居審議官からダイレクトに電話をいただいたと思っちゃったんで、頼みを断ることはできないと勝手に判断して、早々に手入れを切り上げてしまったんですよ。軽率でした。城戸課長にすぐ報告して、指示を仰げばよかったんですが……」

「警察官僚（キャリア）の審議官に貸しを作っておけば、何かメリットがあると考えちゃったのかな?」

「そういう心理が働いたことは否定しません。子供が四人もいますんで、早く職階を上げて収入を増やしたかったんですよ。自分は刑事失格です。表向きの経営者の村瀬雅也を児童買春・児童ポルノ禁止法及び労働基準法違反で書類送検しただけで、女子高生たちを買った客の身許の洗い出しを怠(おこた)ってしまったわけですから。村瀬が売春斡旋を認めたんで、それでお茶を濁そうとしたんです」

「体を売ってた娘(こ)たちの取り調べもしなかったんだから、問題は問題だね」

「ええ。課長と署長が温情をかけてくれなかったら、自分は確実に懲戒免職になってたでしょう。三上さんの特命捜査の手がかりを揉み潰す結果になったことを申し訳なく思っています」

「買春した客たちの本名や連絡先は、未確認だったんだね?」

「ええ。買春の被疑者不明ということで処理したんです。ですが、村瀬茜を殺害した犯人(ホシ)は買春した客のひとりなんではないかと筋を読みました。といいますのは、村瀬姉弟(きょうだい)は金回りがよさそうだったんです。売春ビジネスで荒稼ぎしてただけではなく、姉弟は第三者を使って買春した客たちを強請っていたんではないでしょうか。村瀬雅也は五百万はする高級スイス製腕時計のウブロを嵌(は)めてました。姉の茜もブランド物の服や装身具を身につけてましたね」

「摘発したとき、村瀬茜は実弟に売春の斡旋をさせてることは認めなかったんでしょ? 姉貴は書類送検もされてないわけだから」

「そうなんですよ。弟の雅也に合法的なＪＫリフレをさせてたことは認めましたが、実態は高級少女売春クラブだったことはまったく知らなかったと言い張りました」

庄司が答えた。

「弟が姉を庇(かば)って、自分が罪を破ったんだろう」

「そういう気配は感じ取れましたが、早く捜査を打ち切らなければと思ってましたんで……」

「それ以上は、村瀬茜を追及しなかったんだ？」

「ええ、そうです。しかし、ダミー経営者の雅也が独断で高級少女売春クラブをしてたとは考えにくいでしょ？」

「そうだね。姉弟は共謀して、富裕層の中高年男性に女子高生たちを斡旋し、稼ぎの四割をピンハネしてたにちがいない」

「さらに、姉弟はつるんで買春した男たちを強請ってたんではないのかな。その気になれば、十代の少女たちの体を貪(むさぼ)った客たちの本名や職業を割り出すことは簡単なはずです」

「そうだね。しかし、捜査本部のこれまでの調べでは茜が多額の預貯金をしてたという事実はないんだ。そうだからといって、姉弟が買春した客たちを強請ってなかったとも言えないがね。おそらく口止め料は現金(ゲンナマ)で貰って、どこかに隠してあったんだろう」

「茜が借りてた神宮前の高級賃貸マンションには札束はなかったんですか？」

「捜査資料には、被害者宅に多額の現金があったとは記述されてなかったな」

「そうですか」

「多分、汚れた金は信頼できる相手に預けたんだろうな。姉弟の実家は小田原市内にあるんだが、両親に恐喝で得た金を預けたとは考えにくい。多額の現金を預かってくれなんて言ったら、父母は怪しむだろうから」

「でしょうね。親しい友人に預けてあるか、秘密の隠れ家に保管してあるのかな。そのどちらかなんじゃないですか？」

「そうなのかもしれない」

「どっちにしても、村瀬姉弟は女子高生を買った男たちを強請ってたんだと思います。村瀬茜は億単位の口止め料を毟ろうとしたんで、殺されることになったんじゃないのかな。自分は、そう思ってるんです」

「姉弟が結託してたんだとしたら、弟の雅也もそのうち殺られるかもしれないな。姉と弟を同時期に片づけたら、女子高生と遊んだ男たちは警察関係者に真っ先に疑われるだろう」

「ええ、そうですね。それで、少し間を置くことにしたんでしょうか」

「そうなんじゃないかな」

「三上さん、村瀬雅也を徹底的に洗ってみたら、いかがでしょうか。おっと、失礼！本庁(ホンブ)で殺人犯捜査に長く携わってきた三上さんにこんなことを言ったら、僭越(せんえつ)ですね。どうかご勘弁を……」

「いや、参考になったよ。退職後はどうするつもりなのかな？」

三上は問いかけた。

「警備保障会社か運輸関係会社の求人があったら、応募してみるつもりです。できれば数カ月のんびりしたいとこですが、そうもいかないでしょう。子育ての真っ最中なんで、お父ちゃんは馬車馬のように働かないとね」

「大変だな」

「自分、独りっ子なんですよ。兄弟が欲しいなって思ってたんで、四人も子供をこさえちゃたんです。家庭は賑やかでいいんですが、子供たちを喰わせていくのは想像以上に大変でした」

「何かと大変だろうが、頑張ってほしいな。送別会には必ず出席するよ」

「城戸課長自ら送別会の幹事をやってくれると言ってくれたんですが、自分、辞退したんですよ。職務で失敗(ドジ)やって、いろんな人たちに迷惑をかけてしまいましたんでね。どの面(つら)

下げて送別会に出ればいいんです？　そっと退場すべきだと思ったんですよ」

「そういう選択肢もあるか」

「短いおつき合いでしたが、お世話になりました。三上さん、お元気で！」

庄司がことさら明るく言って、先に電話を切った。

三上は携帯電話を所定のポケットに収め、思わず溜息をついた。人生には、見えない落とし穴が幾つも待ち構えているのかもしれない。

庄司学が偽電話に惑わされていなかったら、村瀬茜殺しの手がかりはとうに摑んでいたのではないか。三上はそう思いつつも、庄司の打算や下心を責める気持ちにはなれなかった。自分は上司や警察官僚に取り入るようなことはしないつもりでいるが、人にはそれぞれ事情がある。

庄司は警察官として、間違いなく取り返しのつかないことをした。しかし、依願退職という形でけじめをつけた。それで、赦すべきだろう。

もうじき役員会議は終わるのではないか。

三上はイグニッションキーに手を伸ばした。そのとき、懐で私物の携帯電話が震動しはじめた。

三上はモバイルフォンを摑み出した。発信者は岩佐か、沙也加だろう。電話の主は恋人だった。

「謙さん、報道部から新情報を得たわよ。村瀬茜は去年の十月に茅ケ崎(ちがさき)市内に三百坪近い宅地を取得してたのよ」

「そうか」

「市の外れの物件なんだけど、売買価格は四億二千万円なんだって。しかも、即金で買ってるの」

「高級少女売春クラブだけでは、そんな巨額を稼げるわけないな。売春ビジネスの儲けで、『フォーエバー』の赤字を補塡(ほてん)してたんだ」

「捜査本部事件の被害者は、売春ビジネスとは別の裏商売をしてたんじゃない？」

「おそらく女子高生を買ってたリッチな男たちを強請ってたんだろうな。ロリコン連中は富裕層がほとんどだったみたいだから、口止め料を数千万円ずつ脅し取られたのかもしれない」

「そうなら、四億以上の土地もローンなしで購入できそうね」

「買った土地の権利証はどこにあったんだろうか」

「学生時代からの友人に預けてあったそうよ。報道部の記者に友人の名を訊いたら、怪しまれちゃったの。でも、なんとか上手に聞き出して、謙さんに教えてあげる」

「あんまり無茶をするなよ。報道部の情報が警察に流れたことが発覚したら、犯人捜しがはじまるはずだ。その結果、沙也加が解雇されたら、おれは責任の取りようがない」

「クビになったら、また働き口を見つけるわよ。謙さんは心配しないで」

「じゃじゃ馬だな」

「それは否定しないわ。土地の権利証を預かってた友人がわかったら、わたし、茜の知人を装って相手に接触してみる」

「そこまでやらなくてもいいんだよ。これから、捜査対象者に揺さぶりをかけなきゃならないんだ。いったん電話を切るぞ」

三上はモバイルフォンを折り畳み、エンジンを切った。プリウスを降り、ふたたび『三光薬品』の本社ビルを訪ねる。

「少し前に役員会議が終わりました」

受付嬢が歩み寄ってきた。

「江森社長は取材を受けてくれるのかな？」

「喜んで取材に協力したいとのことでした。露木さんがお見えになられたら、六階の社長室にお通しするよう言われています」

「それじゃ、案内してもらえるかな」

三上は頼んだ。受付嬢がうなずき、三上をエレベーターホールに導いた。

二人は六階に上がった。受付嬢が社長室のドアをノックして、声を発した。

「読毎タイムズの露木さまがお見えになりました」

「入っていただけ」

男の声で応答があった。社長の江森だろう。受付嬢が重厚なドアを静かに開け、目顔で三上を促した。

三上は受付嬢を犒って、社長室に入った。受付嬢がそっとドアを閉める。奥の執務机に向かっていた小太りの五十二、三歳の男がすっくと立ち上がった。

「江森です。わたしのことを記事にしてくださると聞いて、とても光栄に思いました。どうぞ応接ソファにお坐りください」

「はい、ありがとうございます」

三上は江森が着席してから、ふっかりとしたソファに腰を据えた。

「当社のことは、もう取材されたんでしょ？」

「はい。江森さんの私生活も調べさせてもらいました。あなたは女子高生とベッドで戯れるのがお好きなようだな」

「き、きみは本当に読毎タイムズの経済部記者なのか!?」

江森が目を剝いた。

「実は渋谷署の刑事なんですよ」

「悪い冗談はやめろ！」

「本当なんです」

三上は警察手帳を見せた。

「わたしは法に触れるようなことはしてないぞ」

「もう調べはついてるんですよ。あなたは、『女子高生（JK）お散歩クラブ』に登録してる女子高生たちを買ってた。東京高裁の五代功判事の名を騙（かた）ったこともありますね。空とぼけたら、買春で立件することになります」

「そ、それは勘弁してくれ。頼むよ」

「五代判事になりすましたのは、控訴が棄却されて頭にきたからなんだろうな。『三光薬品』は家畜用の抗生物質を長年にわたって違法販売してきた。そのことを一ノ宮敦という社員が内部告発した。獣医の診察抜きで〝指示書〟を不当に手に入れ、動物用医薬品を販売することは業界では当たり前だった」

「そうなんだ。元社員の告発があったからといって、わたしの会社だけを摘発するのはおかしいじゃないか。東京地裁はわたしに有罪判決を下した。だから、控訴したんだよ。東京高裁の五代裁判長は高潔な男のようだが、棄却するとは思わなかった。弁護士も驚いてたよ」

「そんなことで、あなたは五代功になりすまして生真面目な判事のイメージを汚す気になったのかな？」

「それは……」

「素直に喋る気がないんだったら、児童買春の容疑で手錠を掛けることになるな。それでもいいんですか？」

「それは困る。困るよ」

「なら、正直に質問に答えてほしいな。五代判事のイメージダウンを狙っただけじゃないんでしょ？　あなたは五代功を殺人犯に仕立てたかったんじゃないんですかっ」

「どういう意味なんだね？」

「確証はないんですが、あなたは高級少女売春クラブの真のオーナーの村瀬茜に下半身スキャンダルを種（ネタ）にされ、多額の口止め料を要求されたと推測できます。その秘密を守るため、茜を絞殺したんじゃありませんか。いや、直（じか）に手を汚すほどの度胸も覚悟もなさそうだな。犯罪のプロに村瀬茜を片づけさせたんですか？」

「村瀬茜の代理人と称する男に買春のことをちらつかされたんで、仕方なく指定された公衆電話ボックスの中に二千万円の現金を入れた手提げビニール袋を置いてきたよ」

「それは、いつのことなんです？」

「去年十二月の十八日の夜だよ。電話ボックスは新宿御苑の近くにあって、わたしはすぐに立ち去れと指示されてたんだ。だから、金を持ち去った人間は見てない。だが、口止め料をせびられたのはそれ一度だけだったよ。高級少女売春クラブの真のオーナーが女であることは遊んだ娘から聞いてたが、村瀬茜には会ったこともないんだ。何度もたかられたわけじゃないんで、授業料だと思って二千万円はくれてやったんだよ。五代の名を騙ったのは、融通の利かない判事が十代の女の子を金で買ってると思わせたかったんだ。それだけなんだよ。わたしは人殺しなんかしてないぞ。言い逃れなんかじゃない。本当なんだ」

「そうなのかな」

三上は、頬肉が垂れた江森の顔を直視した。

江森はまっすぐ見返してくる。視線を泳がせることはなかった。縋るような眼差しを向けてくるだけだった。犯罪者たちの多くは図太く、ポーカーフェイスを崩さない。

それでも疚しさがある場合は、小さな動揺を見せるものだ。不自然に瞬きしなかったり、背筋を伸ばす。友好的な笑顔を見せることもある。

『三光薬品』の社長は表情を作っているようには見えない。訴えるような目を向けてくるだけだった。殺人事件には関わっていないだろう。

「少女買春の件で、同僚と一緒にまた社長室にやってくるかもしれないな」

「なんとか大目に見てもらえないか。もう女を買ったりしないと念書を認めるからさ」

「きょうは、いったん引き揚げます」

三上はソファから立ち上がり、社長室を出た。

第四章　消えた恐喝相続人

1

迷いが消えた。

イングリッシュ・マフィンを食べ終えたときだった。三上はブラックコーヒーを飲み干し、コンパクトなダイニングテーブルから離れた。自宅マンションである。

新聞記者に化けて『三光薬品』の江森社長を追い込んだ翌日の午前九時過ぎだ。

江森が少女買春を重ねていた事実を見逃すのは、罪深いことだろう。ベッドパートナーを務めた女子高生たちも事情聴取を受けることになるが、やむを得ない。

三上はリビングソファに移ると、上司の城戸課長に電話をかけた。前日のことを報告し、江森を少女買春の容疑で取り調べてほしいと願い出る。

「ロリコンのおっさんたちは厳しく取り締まるよ」

「お願いします。捜査本部事件では江森はシロだという心証を得ましたが、やはり大目に見るわけにはいきませんからね」

「それはそうだよ」

「課長に一つお願いがあるんですよ。江森に買われた娘たちも法に触れることをしてたわけですが、極力、穏便な処分にしてやってほしいんです。退学させられたり、鑑別所に送られたら、人生が暗転してしまいますからね」

「同じ年頃の娘がいるんで、そのへんは心得てるよ。説諭処分程度にして、保護者や学校には連絡しないつもりだ」

「そうしてやってください」

「わかった。話は飛ぶが、庄司から詫びの電話があったかな？」

城戸が訊いた。

「きのう、電話がありました」

「そうか。あいつは、きみの特命捜査のことは知らなかったんだ。捜査本部事件の手がかりを意図的に隠したわけじゃないんで、勘弁してあげてくれないか」

「ええ、わかってますよ」

「庄司はポカをやったんだが、わたしも職務がラフだった。その点は反省してるよ」

「過去の失敗や挫折は、必ず肥やしになるんじゃないですか。頼んだ件、よろしくお願いします」

三上は通話を切り上げた。携帯電話をコーヒーテーブルの上に置き、マグカップやパン皿を手早く洗う。紫煙をくゆらせていると、部屋のインターフォンが鳴り響いた。

三上は玄関ホールに足を向け、ドア・スコープに片目を寄せた。

来訪者は沙也加だった。三上はドアを開けた。

「出勤しなくてもいいのか？」

「きょうは狡休(ずるやす)みしちゃったの」

沙也加が首を竦(すく)め、すぐに入室した。

「職場で何か厭(いや)なことでもあったのかな？」

「そうじゃないの。村瀬茜が茅ヶ崎の土地の権利証を預けてた友人がわかったのよ。井手(いで)恵美(えみ)、旧姓は米倉(よねくら)ね。八年前に結婚して山梨県の北杜(ほくと)市に住んでるみたい。旦那は陶芸家なのよ」

「どんな手を使って、それを知ったんだ？　報道部のデスクに色目を使ったのかな」

三上は軽口をたたいた。

「そんなことするわけないでしょ！　わたしは謙さんにぞっこんなんだから、そんな安っぽいことしないわ。昨夜、報道部を覗いたら、たまたま電話番の新人記者しかいなかったのよ。だからね、デスクの席にさりげなく近づいて、メモを見ちゃったの」

「危いことをやるなあ。大丈夫なのか？」

「別に問題ないと思うわよ。机の上にあったメモを素早く読んだだけで、引き出しの中の物を勝手に出したわけじゃないんだから」

「まるでスパイだな」

「少しでもあなたの役に立ちたかったの——なんてね。編成部の仕事に飽きてきたんで、刑事の真似事をしたくなったのよ」

「困った不良局員だ」

「すぐ出かけられる？　一緒に北杜市の井手宅に行って、村瀬茜の友人から新情報を手に入れようよ」

「民間人と聞き込みをするわけにはいかないな」

「堅いことは言わない！　捜査員はペアで聞き込みをしてるわよね。謙さんが単独で井手恵美に会いに行ったら、怪しまれるかもしれないでしょ？」

「そうかもしれないが……」

沙也加が急かした。三上は押し切られて、寝室に駆け込んだ。てきぱきと着替えて、沙也加とプリウスに乗り込む。

「井手恵美の自宅は北杜市の穴平という所にあるの。中央自動車道の須玉ＩＣを降りて佐久甲州街道を四、五キロ走ったあたりだと思う。位置で言うと、清里高原の手前ね」

助手席で、沙也加が言った。

三上は専用覆面パトカーを走らせはじめた。環八通り経由で調布から、中央自動車道の下り線に入る。車の流れはスムーズだった。

三上はハンドルを操りながら、極秘捜査の経過を恋人にかいつまんで話した。

「怪しい人間が何人もいたのね。だから、捜査本部は未だ容疑者を特定できないわけか」

「そうなんだ。それほど複雑な事件とは思わなかったんだが、加害者の割り出しにはもう少し時間がかかりそうだな」

「被害者の茜は、ブラックジャーナリストの篠誠とつるんで企業恐喝をしてたのよね？」

「そう。篠が企業の不正や役員のスキャンダルの証拠を押さえて、茜が口止め料の交渉を担ってたんだ」

「強面（こわもて）の男が脅迫するより、セクシーな美人がやんわりと口止め料を要求するほうが不気味でしょうね。バックにとんでもない大物が控えてると思うだろうから」

「そうだな」

「篠と村瀬茜は分け前を巡って去年から揉めてたということだから、ブラックジャーナリストが疑わしいんだけど、アリバイは立証されてるのよね？」

「ああ、そうなんだ。篠が自分のアリバイを用意しておいて、誰かに茜を殺（や）らせた気配もうかがえなかったんだよ」

「でも、篠はヤマト化学工業が現職の経済産業大臣の愛人に一億円カンパしたことを嗅（か）ぎつけ、茜に八千万円の口止め料をせしめさせたんでしょ？」

「そうなんだが、茜は自分の分け前の三千万円をまだ受け取っていないようなんだ。茜の弟はその未払い分を死んだ姉貴に代わって請求したんだが、篠は払おうとしなかった。それで村瀬雅也は腹を立て、『女子高生（JK）お散歩クラブ』の店長をやってた須賀敬太を使い、篠に恐怖を与えた」

「須賀はレンタカーでブラックジャーナリストを轢く真似をしたということだったわよね？」

「村瀬は、そう言ってた。須賀に篠を無灯火のカローラで轢き殺せとは命じてないんだろう。おれは、その場にいたんだ。須賀は本気で撥ねる気ではなさそうだったよ。単に篠を怯えさせたかっただけなんだろう」

「でも、村瀬雅也が篠に殺意を懐いたとしてもおかしくはないでしょ？　姉さんは自分の取り分を払ってもらえなかったんだから。それから、篠にも茜殺しの動機はあるわ」

沙也加が言った。

「茜は企業恐喝の相棒だったから、篠は弱みを知られてることになる。しかし、篠のほうも村瀬茜の犯罪行為を知ってるぜ。どっちもどっちだから、篠に犯行動機はないんじゃないか」

「謙さん、茜は分け前が少なすぎると篠に文句を言ってたのよ。だけど、篠は共犯者に分け前を多くやる気なんかなかったみたいだから、殺人の動機はあると思うわ。篠が腕っこきの殺し屋を雇って、村瀬茜を亡き者にさせたのかもしれないわよ」

「そうなんだろうか」

「茜は少女たちを買ってた客たちも、篠に強請らせてた節があるんでしょ？」

「そうではなく、篠は茜に無断で買春した客たちを脅迫してたようなんだ」

「茜にしてみれば、恐喝材料を篠に奪われたことになるわね。それで揉めることになったんで、篠は面倒臭い相棒を斬ってしまえと考えたんじゃないかしら？」

「沙也加は、篠誠が最も疑わしいと思ってるんだ？」

「そうね。茜は本業の赤字分を埋めたくて売春クラブの経営を実の弟に任せて荒稼ぎしてたわけだけど、企業恐喝の片棒も担(かつ)いでた。そして、茅ヶ崎市に三百坪近い土地を即金で買ったんでしょうけど、何か新しい事業でも興(おこ)す気だったのかしら？」

「多分、そうだったんだろう。土地の権利証を預かってた井手恵美なら、そのあたりのことを知ってそうだな」

　三上は口を結んだ。

　いつの間にか、車は八王子ＩＣの手前に差しかかっていた。三上はプリウスを追越しレーンに移しながら、先を急いだ。須玉ＩＣから佐久甲州街道に入ったのは、十一時四十分ごろだった。

　街道を道なりに数十分走ると、穴平に達した。右折して、市道を進む。家並(やなみ)が途切れ、道の両側には畑と雑木林が連(つら)なりはじめた。

　めざす井手宅は、その奥にあった。

　山荘風の二階家だった。敷地は広い。庭の一部は菜園になっていた。

　三上は井手宅の少し先の路肩にプリウスを停めた。ほぼ同時に沙也加と車を降り、引き返しはじめる。標高が高いのか、ひどく寒い。はるか先に、八ヶ岳連峰が見える。

「強烈な寒さね」

沙也加が腕を絡(から)めてきた。

「ペアの女刑事が同僚と腕を組んでたら、変だろ？」

「わたしたち、夫婦ってことにしない？」

「夫婦がコンビを組むなんてあり得ないよ」

三上は微苦笑して、肩で軽く沙也加を押した。沙也加がおどけて、大きくよろける。

二人は、じきに井手宅に達した。

三上はインターフォンを鳴らした。ややあって、女性の声で応答があった。

「どなたでしょう？」

「警視庁の渋谷署の者です。失礼ですが、井手恵美さんでしょうか？」

「ええ、そうです」

「先月、亡くなられた村瀬茜さんのことでうかがいたいことがあるんですよ。協力していただけますか？」

「はい。いま、そちらに参ります」

井手恵美の声が途絶えた。三上たちは門扉(もんぴ)の真ん前で待った。

待つほどもなくポーチに三十代半(なか)ばの女性が姿を見せた。太編みのざっくりしたセーターを着込み、ニット帽を被っている。

「恵美です。東京よりも、だいぶ寒いでしょ？　ここで立ち話をしてたら、風邪をひいてしまうでしょうから、家の中にお入りください」

「しかし、陶芸家のご主人がいらっしゃるんでしょ？」

「夫は個展の打ち合わせがあるんで、甲府に出かけてます」

「そうですか。申し遅れましたが、三上です。連れは同僚です」

「美人刑事さんね」

「高梨です」

沙也加が名乗った。恵美が門扉の内錠を外し、来訪者を家の中に請じ入れる。

三上たちは玄関ホール横の広いリビングに通された。別荘風の内装で、外国製の薪ストーブで暖められていた。

恵美はニット帽を取り、三上と沙也加を北欧調のソファに腰かけさせた。それからロシア紅茶を淹れ、三上の正面のソファに浅く腰かけた。

「冷めないうちにどうぞ……」

「どうかお気遣いなく。早速ですが、被害者とは大学時代からのつき合いだったみたいですね？」

三上は本題に入った。

「そうなんです。茜とは入学ガイダンスのとき、たまたま隣に坐ったんですよ。なぜか気が合って、それからずっと親しくつき合ってました。わたしの実家が町田(まちだ)にあるんで、一緒に帰ることが多かったんです」

「そうですか。あなたは、村瀬さんが取得した茅ケ崎の土地の権利証を預かってたようですね」

「ええ。茜が亡くなって間もなく、権利証は小田原のご両親に返しました」

「三百坪近い土地を買って、故人は新しい事業を計画してたんですかね？」

「茜は、購入した土地にシェアハウスを建設する計画だったんですよ。独り暮らしをしてる高齢者と孫世代の若者たちを一緒に住まわせたいと考えてたんです。採算は度外視して、家賃はぐっと安くするつもりだと言ってました」

「儲けるつもりのない事業を新規に展開する気になったのは、なぜなんでしょう？」

「彼女は罪滅(ほろ)ぼしをしたかったんでしょうね。茜は子供のころ、いわゆる鍵っ子だったんですよ。ご両親が働いてたんで、放課後は近所に住む足の不自由な独り暮らしの老女の家で過ごしてたそうです」

「昔は、学童保育園の数が少なかったようだからね。それとも、保育料を払う余裕がなかったのかな」

「そのへんのことはよくわかりません。茜が小二の真冬、世話になってたおばあさんが灯油ストーブの火を消し切らないうちに給油したら、いきなり大きな炎が上がったそうなんですよ。驚いたおばあさんは転んで、炎に包まれてしまったらしいんです」

「子供だった茜さんはびっくりして、身が竦んでしまったんでしょうね」

沙也加が話に加わった。

「そうだったようです。火の勢いが強くなって、とても消火できなかったそうです。おばあさんは火に吞まれながらも、声をふり絞って茜に外に逃げなさいと言ったらしいんです。それで、彼女は夢中で家から飛び出したという話でしたね。でも、茜を本当の孫のようにかわいがってくれた老女は焼け死んでしまったそうです」

「相手を救えなかった罪滅ぼしの気持ちから、赤字覚悟でシェアハウス経営をする気になったわけですね。偉いわ」

「わたしも、そう思います。ただ、気になることがあるんですよ。茜は『フォーエバー』が赤字つづきだとぼやいてたのに、茅ヶ崎の広い土地をローンなしで買ってるんですよね。もしかしたら、彼女は目的のために何か違法なビジネスをして、土地の購入資金を捻出したのかもしれないと疑ってたんです。茜は、そのことについては笑ってごまかしてたけど。どうなんでしょう？」

　恵美が三上に顔を向けてきた。

「断定はできませんが、村瀬茜さんは違法ビジネスで荒稼ぎして、茅ヶ崎の土地を買ったんでしょう。上物も、汚れた金で建てるつもりだったんだと思います」

「刑事さん、茜はどんな違法ビジネスをしてたんです？」

「その質問にはお答えできませんが、茜さんはダーティー・ビジネス絡みのトラブルのせいで殺害されたと考えられますね」

「茜は若いときから思いっ切りがよかったけど、善行のために汚れた金を集めたんだとしたら、せっかくの罪滅ぼしも……」

「おっしゃる通りですね。汚い手段で得た大金で善行を施しても、それは価値がありません。それはそれとして、あなたは故人から多額の現金を預かったことはありませんでした？」

「そういうことは一度もないわ」

「そうですか。茜さんが誰かに命を狙われてると不安そうに訴えたことは？」

　三上は畳みかけた。

「そういうこともなかったわね。茜は勝ち気だったから、友人にも弱音を吐いたりしなかったんですよ。辛かったと思います。彼女は違法ビジネスで儲けたのかもしれませんが、どうしてもシェアハウスを建設して、恩のある老女を見殺しにしてしまったことを償(つぐな)いたかったんでしょう」

「ええ、そうなんでしょうね」

「だから、茜の違法ビジネスのことは報道関係者には伏せといてくれませんか。この通りです」

　恵美が頭を深く下げた。

　三上は黙ってうなずき、ロシア紅茶を啜(すす)った。かたわらの沙也加が倣(なら)う。

「一日も早く茜を成仏(じょうぶつ)させてください」

「ベストを尽くします。ご馳走さまでした」

　三上は沙也加に合図して、先にソファから腰を浮かせた。二人は恵美に見送られて、井手宅を辞した。

「村瀬茜は、ただの金の亡者(もうじゃ)じゃなかったのね。高級少女売春クラブや企業恐喝で荒稼ぎしてると聞いて救いようのない悪女だと思ってたけど、ピュアな面もあったんだ」

「この世に百パーセントの悪人はいないだろうし、百パーセントの善人もいないんじゃないか。善(よ)いことをしつつ、悪いことにもつい手を出してしまう。それが並の人間なんじゃないか」

「そうね。誰も聖者にはなれないし、冷血な悪人にもなり切れないんだろうな」

「と思うよ」

「ここまで来たついでに、八ヶ岳連峰の周囲をドライブしない？　モーテルがあったら、ひと休みしてもいいし……」

「特命を帯びてるんだが、その程度の息抜きはかまわないだろう」

「そうこなくっちゃ」

沙也加が指を打ち鳴らした。

そのすぐ後（あと）、三上の懐で捜査用携帯電話が着信音を響かせた。携帯電話を取り出す。発信者は伏見刑事課長だった。

「ブラックジャーナリストの篠が何者かに革ベルトで絞殺された。事務所のある階でエレベーターを降りた直後、加害者に背後から襲われたようだ」

「いつのことなんです？」

「午前十時過ぎだそうだ。犯人は逃走中で詳しいことはわからない。初動捜査資料が集まったら、どこかで落ち合おう。いまは、どこにいるのかな？」

「山梨県の北杜市にいます」

三上は経緯(いきさつ)を説明した。

「すぐに東京に戻ってくれないか」

「了解しました」

「また連絡する」

伏見が電話を切った。

「沙也加、ドライブはできなくなった」

「何があったの？」

「篠誠が殺害されたらしいんだ」

「えっ、そうなの。村瀬雅也に殺(や)られたんじゃない？」

「まだ何とも言えないな、判断材料がないからね。とにかく、東京に戻ろう」

三上は恋人に言って、プリウスに走り寄った。

2

エレベーターが上昇しはじめた。

三上は函(ケージ)の中にいた。新宿にある都庁舎だ。北杜市から帰京し、ここにやってきたのである。その前に沙也加は自宅に送り届けた。

午後二時四十分を回っていた。

三上は、午後三時に伏見刑事課長と庁舎内で落ち合う約束をしてあった。都庁の敷地は広い。およそ四万三千平方メートルだ。そこに第一本庁舎、第二本庁舎、都議会議事堂が建っている。

正面にそびえる第一本庁舎は地上四十八階、地下三階だ。高さは二百四十三メートルもある。

中央部は三十二階までしかない。その両側は四十八階までツインタワーになっている。四十五階には、それぞれ展望室と喫茶コーナーがある。正面の左が南塔、右が北塔だ。

南塔の展望室からは東京湾が一望できる。北展望室からは富士山が見える。南塔の屋上にはヘリポートがあるはずだ。

ツインタワーのある第一本庁舎の隣には、第二本庁舎が建っている。第一本庁舎よりもひと回り小さい。地上三十四階で、地下三階だ。二つの庁舎は通路で繋(つな)がっている。

三上は伏見刑事課長とよく都庁舎内で接触していた。渋谷署から離れているから、知った人間に見られる心配はない。少なくとも、渋谷署の署員と鉢合わせをしたことは一度もなかった。

耳に圧迫感を覚えたとき、エレベーターが停止した。四十五階だ。

三上はケージから出て、北展望室に歩を進めた。人影は疎らだった。東京スカイツリーができてから、展望室を訪れる人たちが少なくなったようだ。

三上は北展望室の端にたたずみ、視線を遠くに放った。富士山の頂は雪で白い。稜線がくっきりと見える。

三上は富士山の七合目まで登ったことがある。五合目まで車で上がり、そこから登山道を進んだ。樹木の少なさに失望し、山頂を極める気は殺がれてしまった。日本一高い山は、遠くから眺めるほうが美しいのではないか。

雄大な景色に見入っていると、左横に伏見が立った。

「まだ三時前ですが……」

三上は前方に目をやったまま、小声で言った。

「いつも三上君を待たせてるからな。初動捜査の情報を喋るぞ。篠の絞殺体を発見したのは、同じフロアにある弁理士事務所に勤める女性事務員だった。第一発見者について記したメモは後で渡すよ」

「わかりました。凶器は現場に遺留されてたんですか？」

「ああ、遺されてた。男物の牛革ベルトだ。そのベルトから、須賀敬太の指紋と掌紋が採取されたんだ」

「須賀の指掌紋が付着してたんですか」

「そう。きみの報告によると、『女子高生(JK)お散歩クラブ』の元店長は村瀬雅也に頼まれて、レンタカーで篠誠を撥ねそうになったということだったね？」

「ええ。須賀は、そう言ってました」

「村瀬は、姉が貰えることになってた三千万円を篠がいっこうに払おうとしないことに腹を立てたんじゃないだろうか」

「で、須賀にブラックジャーナリストを殺(や)らせた？」

「所轄署は須賀に任意同行を求めて、現在、取り調べ中なんだよ」

「須賀は犯行を認めたんですか？」

「いや、否認してる。ただ、現場近くの商業ビルに設置された防犯カメラの映像に須賀の姿が鮮明に映ってたんだ」

「篠の事務所がある雑居ビルに須賀が入っていく姿も映ってたんですか」

「はっきりと映ってたよ。しかも、録画された時刻は篠の死体が発見される十数分前だったんだ。須賀は事件現場に行ったことは認めたんだが、犯行は強く否認してる」

「なぜ須賀は事件現場に行ったんでしょう？」

「その点については、ある人物に頼まれて篠の事務所を訪ねたと供述してるそうだ。しかし、四階のエレベーターホールに篠誠の死体が転がってたんで、現場から立ち去ったと供述してるらしい」

「確か須賀には、傷害の前科があったな。犯歴のある奴が指掌紋の付いた自分の革ベルトを犯行現場に遺すなんて考えにくいでしょ？」

「初めて人を殺したんで、須賀は沈着さを失ってたんじゃないのかね」

「そうだったとしても、凶器から足がつくことぐらいはわかってたはずですが……」

「しかし、現場には須賀のベルトが遺留されてた。供述通りなら、自分が疑われてはたまらないと考え、ベルトを持ち去ると思うよ」

伏見が言った。

「気が動転してたんで、死体のそばに落ちてた革ベルトが自分の物であるとは気づかなかったんじゃないのかな。取り調べに当たった捜査員は、凶器のベルトを須賀に見せたんですか？」

「見せたら、だいぶ前になくしたベルトだと答えたそうだよ。多分、職場のロッカーから誰かが盗み出したんだろうと……」

「そうですか」

「指名予約を受けてた事務所には、ふだん須賀と村瀬雅也しかいなかったという話だったね。待機してる女子高生は別の所にいたわけだから、須賀のベルトを持ち出せるのは村瀬だけだろうな」

「そうでしょうね」

「須賀の供述通りなら、村瀬が須賀の仕業に見せかけて篠誠を絞殺した疑いが出てくるな。姉貴の取り分の三千万円を篠が踏み倒しそうだったんで、凶行に及んでしまったのかもしれないぞ」

「その疑いはゼロではないと思います。しかし、村瀬は姉の事件に片がついたら、カフェ経営に乗り出す予定だと言ってました。茜が貰えることになってた三千万を回収できなくてもいいと考えますかね？」

「村瀬雅也は姉貴に高級少女売春クラブの管理を任せられてたんで、それなりの実入りはあったんだろう。だから、カフェを開くだけの事業資金は貯めてたんじゃないのか。そうなら、なかなか貰えない姉さんの分け前は取りっぱぐれても仕方ないと思ったんだろう」

「そうなんでしょうか」

「でも、癪は癪だろうな。それだから、村瀬は篠誠を殺す気になったんじゃないか。自分が怪しまれることを回避するため、須賀の革ベルトでブラックジャーナリストの首を絞めたと筋を読むことはできるな」

「そうですが、須賀のベルトを手に入れた者として、村瀬は真っ先に疑われるでしょ？ロッカーを利用してたのは、おそらく須賀と村瀬の二人だけだったんでしょうからね」

「確かに、その通りだな。姉貴の分け前の三千万円を払ってくれないからというだけで、人殺しはやらないだろう」

「と思いますが、まだわかりません。ただ、須賀は篠を殺害してないでしょうね。誰が須賀に濡衣を着せようとしたんだろうか。須賀にもっともらしいことを言って事件現場に行かせた者が篠誠を殺害したんではないかな」

「須賀敬太は、誰かを庇ってるんだろうか。村瀬以外の誰かに大きな人参を見せられて篠のオフィスに行ったんだとしても、その人物が透けてこないな」

「そうですね。初動捜査に当たってる係官たちは、須賀の交友関係を洗ったんでしょ？」

三上は問いかけた。

「須賀には特に親しい友人も彼女もいないみたいなんだよ。売春クラブに登録してた女子高生に手を出してもなかったらしいから、性風俗店に通ってるだろうな」

「そうなのかもしれません」

「三上君、念のために村瀬雅也に探りを入れてみてくれないか。友人や恋人のいない須賀が親しく接したのは村瀬だけなんだろうから、やっぱり茜の弟が気になるんだよ」

「わかりました」

「それから、事件通報者の調書の写しを渡しておこう」

伏見刑事課長がウールコートの内ポケットから二つ折りにした紙片を抓み出した。三上は紙片を受け取り、半分ほど開いた。

弁理士事務所に勤務している池内綾子は、四十二歳と記されている。自宅の住所も付記されていたが、この時刻なら、まだ勤め先にいるだろう。

「わたしは喫茶コーナーに寄ってから、署に戻るよ。きみは先に出てくれないか」

伏見が外を眺めながら、低く言った。

三上は伏見から離れ、エレベーター乗り場に足を向けた。都庁を後にし、近くの新宿中央公園まで速足で歩く。プリウスは公園の際に駐めてあった。

三上は専用覆面パトカーに乗り込み、事件現場に急いだ。目的の雑居ビルに着いたのは、およそ三十分後だった。

三上は車を路肩に寄せ、雑居ビルの四階に上がった。エレベーターホールを仔細に観察してみたが、事件の痕跡はなかった。

事件通報者が働く弁理士事務所は、篠誠のオフィスの隣にあった。三上は弁理士事務所のドアをノックした。応対に現われたのは、当の池内綾子だった。平凡な女性だが、優しそうに見える。

「警察の者です。所轄署勤務ではないんですが、担当してる事件と今朝(けさ)の犯罪に繋がりがあるかもしれないんで、協力していただきたいんですよ」

三上は警察手帳を見せ、姓だけを告げた。

「わかりました。どうぞお入りになってください」

「通路で聞き込みをさせてもらうほうがいいでしょ?」

「そのほうがよさそうね」

綾子が職場から出てきて、静かにドアを閉めた。

「初動捜査を担当してる者に死体を発見したときのことを喋ったはずですが、そこから聞かせてもらえますか?」

「はい。わたし、足りなくなった事務備品を買って職場に戻ったんです。エレベーターを降りると、ホールの端に顔見知りの男性が倒れてました」

「それが被害者の篠誠さんだったんですね?」

「ええ。お名前までは知りませんでしたが、何度も同じエレベーターを利用してたんですよ。ですんで、隣のオフィスの方だということはすぐにわかりました」

「あなたは被害者に声をかけたんですか？」

三上は質問した。

「はい、二度ほど大声で呼びかけました。でも、なんの反応もありませんでした。俯せに倒れたまま、ぴくりとも動かなかったんで、もう死んでると思いました」

「凶器の革ベルトには、すぐ気づかれました？」

「ええ。亡くなった男性の肩の真横に蛇がのたくっているような形で落ちてましたんでね。一瞬、ベルトに触れそうになりましたけど、わたし、すぐに手を引っ込めました」

「ベルトのほかにフロアには何か放置されてませんでした？」

「亡くなった方の腰の脇に焦茶のセカンドバッグが落ちてました。それは、被害者の持ち物だと警察の方に教えていただきました」

「そうですか。セカンドバッグの留金は外れてました？」

「いいえ、外れてませんでした。警察の方は物盗りの犯行ではないとおっしゃってましたから、お金やカードは奪われてないんでしょう」

「二十代後半の不審男性が所轄署で事情聴取されてるんですが、あなたが事務備品を買って職場に戻られたとき、このビルの付近で気になる人影は見てませんか？」

「怪しい男性はまったく目撃してません」

「きょうだけではなく、何日も前にも見てらっしゃらない？」

「はい」

「殺害された男性はフリージャーナリストと称してたようですが、その素顔は強請屋だったんですよ。要するに、恐喝で喰ってたわけです」

「そう言われてみれば、どことなく崩れた感じでしたね」

「被害者の事務所には、人がよく出入りしてました？」

「訪ねてくる方は、ほとんどいなかったんじゃないのかな。去年の秋ごろまで二人の従業員がいたんですが、どちらも辞めてしまったみたいですよ。悪事の片棒を担がされてることに気づいて、逃げ出したんじゃない？」

「そうなのかもしれませんね。あなたの雇い主や同僚の方は事件が起こったころ、事務所にいたんでしょ？」

「所長を入れて六人が職場にいたはずですけど、エレベーターホールで人が争う物音は誰も聞いていないと口を揃えてました。おそらく顔見知りの犯行なんでしょうね」

「そうも考えられますが、犯人は身を潜めてて背後から被害者の首に革ベルトを掛け、一気に絞めたと推測できます」

「ああ、そうだったんでしょうね」

「池内さんがこの階でエレベーターを降りたとき、ふだんと何かが違うと感じませんでした？」

「エレベーターから出たとき、ホールにヘアトニックの香りが漂ってましたね。男性用の整髪料の匂いだと思います」

「いまどき香りの強い整髪料を使ってる若い男は少ないな。犯人は中高年の男なんだろうか。いや、加害者が整髪料を使ってたと思い込むのは危険だな。このフロアに宅配便を届けにくる者がいるかもしれませんからね」

「そういえば、年配の宅配便配達人がちょくちょく四階に上がってきます。でも、その方は整髪料を使ってないと思いますよ」

「そうですか。となると、加害者はヘアトニックを頭に振り掛けてるのかな。どんな香りでした？」

「柑橘系の香りだったわね」

相手が答え、腕時計にさりげなく目を落とした。何か予定があるようだ。

「ご協力、ありがとうございました」

三上は池内綾子に謝意を表し、エレベーターホールに向かって歩きだした。次は村瀬の自宅に行く予定だ。

3

ブレーキを踏む。

専用覆面パトカーを『恵比寿スカイマンション』の斜め前に停めたとき、アプローチから三人の男が出てきた。

三上は何気なく男たちを見た。ひとりは村瀬雅也だった。残りの二人は、準大手の建設会社名の入った封筒を持っている。

三上はパワーウインドーを下げた。耳をそばだてる。

「姉の納骨が終わったら、すぐに地鎮祭をやってください。それまでに、所有権を父母とわたしの三人に移しておきますよ」

村瀬が建設会社の社員らしい二人に言った。上司らしい四十七、八歳の男が応じた。

「いろいろオプションがありましたんで、総工費は最初の見積りよりも十四、五パーセント高くなると思いますが、よろしいんですね？」

「ええ、結構です。姉の遺産だけでは足りませんけど、工事代は三回に分けてちゃんとお支払いします」

「ローンをお使いにならないお客さまはありがたいですね。金融機関の審査なしに着工できますんで」

「シェアハウスの建設は、故人の夢だったんですよ。身内が遺志を継いでやりませんとね」

「そのお気持ちに感動しました」

「支払いのことで、豊栄(ほうえい)建工さんに迷惑をかけることはありませんから、どうか安心してください。よろしくお願いします」

村瀬が来訪者たちに一礼し、アプローチをたどってマンションの中に消えた。二人の男が路上駐車中のクラウンに足を向ける。三上は急いでプリウスを降り、豊栄建工の社員たちを呼び止めた。男たちがたたずむ。

三上は二人に歩み寄って、身分を明かした。二人が顔を見合わせ、緊張した表情になった。

「ちょっと捜査に協力してください」

三上は四十代後半の男に声をかけた。かたわらに立った男は三十歳前後だろう。

「刑事さんは、村瀬さんのお姉さんの事件を捜査されてるんですね？」

「そうです。被害者が購入した茅ヶ崎の土地に、あなたたちの会社がシェアハウスを建設されるようですね？」

「はい、施工(せこう)をお任せいただきました」

「総工費はどのくらいになるんです？」

「おおよそ一億八千万円ですね」

「確か故人は茅ヶ崎の宅地を四億数千万円で手に入れたんじゃなかったかな」

「ええ、そう聞いてます」

「土地代を入れると、約六億円か」

「そうなりますね。建築費の借入金は必要ないとのことですから、施主の方は資産があるんでしょう」

「法人ならともかく、個人で一億八千万の工事代を一括払いできる施主は多くないんじゃないのかな」

「おっしゃる通りですね。施主のお姉さまは事業で成功されてたということでしたので、かなりの額の遺産がおありになったんでしょう。それから、弟さんも金銭的に余裕がおありなんでしょうね。株で大きな利益を得たとかで、お姉さんの遺産で足りない分は自分が負担されるとおっしゃってましたから」

「そうですか」

「あのう」

若いほうの男が口を切った。

「何でしょう？」

「施主の村瀬さまが犯罪に関わっているわけではありませんよね？」

「そういうことはないでしょう。村瀬姉弟（きょうだい）は、どちらも商才があるんだろうから」

「工事に着手する前に建設会社は通常、総工費の三分の一程度のお金を入れてもらってるんですよ」

「そうみたいですね」

「工事直後に施主が警察に捕まったりしたら、会社のイメージが悪くなります」

「そんなことにはならないと思いますよ。ご協力、ありがとうございました」

三上は、どちらにともなく言った。建設会社の社員たちがクラウンに乗り込む。

クラウンが走りだしたとき、三上の懐で官給された携帯電話が着信音を発した。発信者は神谷署長だった。

三上はプリウスの運転席に入ってから、携帯電話を耳に当てた。

「お待たせしました、路上にいたものですから」

「須賀敬太が任意同行されたことは、伏見刑事課長から聞いてるね？」

「はい。須賀が供述を変えて、篠誠を絞殺したと認めたんですか？」

「いや、犯行は否認したままだよ。遺留品の革ベルトだけで裁判所に逮捕状は請求できないんで、所轄署は須賀を泳がせることにしたそうだ。少し前に本庁機動捜査隊に探りを入れてみたんだよ」

「そうですか」

「しばらく機捜と所轄署の者が須賀に張りついて、誰に頼まれて篠の事務所に行ったかを突きとめる気なんでしょうね」

「そうなんだろう。しかし、犯歴のある須賀がボロを出すと考えるのは甘いんじゃないか。きみはどう思う？」

「おそらく、ボロは出さないでしょう。須賀は背後にいる人物を頑なに明かさなかったということですからね」

「そうだろうな。きみは、もう篠の事務所に行ったのか？」

「はい。手がかりになるかどうかわかりませんが、事件通報者の池内綾子から気になる証言を得ました」

「どんな証言なのかな？」

神谷が問いかけてきた。三上は質問に答えた。

「エレベーターホールに整髪料の香りが漂ってたのか。きみは、須賀と会ってるね。ヘアトニックの匂いは、どうだったんだい？」

「そのときは整髪料はまったく匂ってきませんでした」

「なら、犯人(ホシ)ではなさそうだな。いや、待てよ。須賀は、先夜、レンタカーで篠を轢(ひ)く真似をしたんだったね？」

「そうです」

「須賀が嘘をついたんじゃなければ、村瀬に頼まれてブラックジャーナリストの事務所に行ったとも考えられるな。現場には、須賀の革ベルトが落ちてた。少し作為的(さくいてき)な気もするが、須賀は冷静さを失ってたのかもしれないぞ」

「そうなんでしょうか」

「きみは、須賀敬太はシロだと思ってるようだな」

「ええ、まあ。遺留品が、いかにも偽装臭いでしょ？　須賀には前科があるんです。それに、被害者の着衣に須賀の頭髪、唾液、汗も付着してなかったんでしょ？」

「ああ、初動捜査で革ベルト以外には須賀のＤＮＡ型が認められる物はなかったらしい。しかし、犯行直前にキャップ、レインコート、手袋、靴カバーを着用した疑いがないとは言えないぞ」

「そこまで冷静な行動ができるなら、凶器の革ベルトは持ち去るはずですよ」

「そうか、そうだろうな。村瀬が須賀の犯行に見せかけて、姉の分け前の三千万円を払おうとしない篠誠を絞殺したんだろうか」

「確かに村瀬は疑わしいですよね。ですが、金に拘って殺人に及ぶとは思えないんですよ。村瀬は死んだ姉の遺志を継いで、シェアハウスの建設計画を進めてるんです」

「そうなのか。詳しいことを教えてくれないか」

　署長が促した。三上は、豊栄建工の社員から聞いた話を伝えた。

「村瀬茜は生前、四億数千万円の土地を購入してた。建築費の一億八千万円を一括で払うだけの預金はなかったようだが、弟は借り入れをしないで工事代は用意できると豊栄建工の者に言ってたんだね？」

「ええ。はったりで言えることじゃないと思います」

「だろうね」

「村瀬雅也は、総工費の不足分を恐喝で捻出する気でいるのかもしれません。姉の茜は篠と共謀して、企業恐喝を重ねてましたんで」

「茜は、口止め料の交渉に当たってたようだということだったな？」

「ええ。茜は篠から恐喝材料を与えられてたわけですが、まだ脅迫してない種がいくつか残ってたんじゃありませんかね」

「残りの恐喝材料は遺品の中に混じってたんだろうか。弟はそれを使って、企業不正や役員のスキャンダルを金にしようとしてるのかもしれないぞ」

「そうでないとしたら、女子高生を買った富裕層の男たちから口止め料をせしめる気でいるんでしょう」

「それも考えられるが、篠は殺害された。篠は村瀬が姉貴の恐喝相続人になったことを察知して、クレームをつけたんじゃないか。茜に預けてあった強請の材料を速やかに返さなければ……」

「殺すと威しをかけられたんでしょうか？」

「考えられなくはないだろう？　で、村瀬は先に篠誠を殺る気になったのかもしれないぞ。自分の手を汚したかどうかはわからないが……」

「そうなんでしょうか」

「きみから聞いた新情報は伏見刑事課長に話しておくよ」

神谷署長が電話を切った。三上は携帯電話を折り畳んで、懐に仕舞った。

ちょうどそのとき、『恵比寿スカイマンション』の地下駐車場のスロープから灰色のレクサスが走り出てきた。運転しているのは、村瀬雅也だった。

背広姿だ。ネクタイも結んでいる。同乗者はいなかった。

三上は少し間を取ってから、レクサスを尾けはじめた。村瀬はどこに行くつもりなのか。

三上は慎重に追尾しはじめた。

レクサスは数十分走って、青山一丁目交差点の近くにある商業ビルの前に停まった。一階のシャッターは下りている。貸店舗のビラが貼付してあった。以前はブティックだったようだ。

村瀬は、いずれカフェを経営するつもりだと言っていた。どうやら物件を探しはじめているようだ。

三上はプリウスをレクサスの三十メートルあまり後方のガードレールに寄せ、様子を見ることにした。村瀬は車を降りようとしない。空き店舗の前で、不動産屋の社員と落ち合うことになっているのかもしれない。
六、七分後、空き店舗の前で五十絡みの男が立ち止まった。村瀬がレクサスを降り、男に歩み寄った。
不動産屋と思われる男がシャッターを押し上げ、両開きの扉のロックを解いた。やはり、元ブティックだった。看板は外されていない。

男が先に店内に入り、照明を灯した。村瀬も店の中に消えた。

三上はプリウスを出て、空き店舗に接近した。死角になる場所に立ち、耳に神経を集める。

「思ってたより広いな。これだけのスペースがあれば、小粋なカフェができる」

「立地条件は悪くないですよ。このあたりで、これだけ広い空き店舗はありません。オーナーは飲食店をテナントにはしたくなかったようですが、わたしが説得しましたんで、貸してもらえますよ」

「この商業ビルは十二年前に建てられたんでしたね？　ガス管や水道管は古びてるかもしれないが、改装費がものすごく増えることはなさそうだな」

「村瀬さん、その点は心配ありませんよ。どうかご安心ください」

「そう。保証金は五百万円だったね？」

「はい。オーナーは四百万円でもかまわないと言ってます」

「それは助かるな。カフェを経営するだけじゃなく、茅ヶ崎に独居老人たちが明るく暮らせるシェアハウスを建設することになってるんです。そちらはボランティアみたいなもんだから、儲けるつもりはないんですよ。カフェのほうは売上が大事だから、内装に金をかけたいんです」

「事業を興すと、予算外の出費があるもんです。なんなら、オーナーに少し家賃を下げてもらえないかと打診してみましょうか？」

「保証金を百万安くしてもらったわけだから、家賃は四十八万のままでいいですよ」

「そうですか」

「この店舗を借りることにします。一両日中に賃貸契約書を交わしましょう。きょうは申し込み金として、三十万ほどお渡ししましょうか？」

「十万円で結構です。申し込み金の領収証をお渡ししないといけませんね。会社まで来ていただけますか、歩いて数分ですので」

「あまり時間がないんですよ。この後、人に会わなきゃならないんです。十万円をお渡ししますんで、あなたの名刺の裏にでもその旨(むね)一筆書いていただければ……」

「それでよろしいんですか？」

「ええ、結構ですよ」

村瀬が札入れを取り出す気配が伝わってきた。

三上は空き店舗から離れ、大股でプリウスの中に戻った。数分後、村瀬が空き店舗から出てきた。レクサスに乗り込み、慌(あわ)ただしく発進させる。

三上は、またレクサスを追尾(ついび)しはじめた。村瀬の車は赤坂見附(あかさかみつけ)を右折し、外堀(そとぼり)通りを山(さん)

王下まで進み、山王日枝神社の外周路に入った。星が岡会館と都立日比谷高校の間を抜け、小さなホテルの手前で停まった。

三上はプリウスをレクサスの数十メートル後ろの路肩に寄せ、手早くライトを消した。

どうしてか、村瀬は車から降りようとしない。誰かを待っている様子だ。三上も動かなかった。

近くにタクシーが停止したのは、二十数分後だった。降りた客は四十代だろうか。黒っぽいスリーピースの上に灰色のウールコートを重ねていた。黒革の手袋を嵌め、マフラーに首を埋めている。

男は左右をうかがってから、山王日枝神社の境内に入った。村瀬がレクサスの運転席を出て、男の後を追った。

三上もそっとプリウスを降り、二人の後から境内に足を踏み入れた。暗がりをゆっくり進むと、前方に二つの人影が見えた。

村瀬と正体不明の男は向かい合う形で立っている。

「久米さんよ、十分遅刻だぜ」

「すまない。タクシーがすぐに拾えなかったもんだから……」

「ま、いいさ。あんたは東京国税局査察部のチーフ査察官でありながら、資産家の若い未亡人の色仕掛けに引っかかって、相続税の大幅圧縮に協力した。ベッドで何度もいい思いをした上に、二千万のキャッシュをいただいたんじゃ、逃げるに逃げられなかったんだろうな」

「そのことは、どうやって調べ上げたんだ?」

「おれには優秀なブレーンがいるんだよ。おれ自身があんたの弱みを握ったわけじゃない。ブレーンがあんたの不正の事実を押さえてくれたのさ」

「そのブレーンというのは、篠誠なんだなっ」

久米と呼ばれた男が声を張った。

「ノーコメントだ」

「図星だったんだな。篠は、わたしに代理人の女性に連絡させると言ってたが、何も言ってこなかった」

「おれのことを詮索(せんさく)する気なら、あんたの悪事を上司に密告(チク)るぞ」

「それだけはやめてくれ。未亡人と男女の関係になったことを知られたら、わたしは妻子に逃げられる。もちろん、職場にもいられなくなるだろう」

「それだけじゃないぜ。あんたは収賄罪で法廷で裁かれることになる」

「資産家の若い未亡人に持たされた二千万にはまったく手をつけてない。それを必ずおたくに渡すから、もう勘弁してくれないか」

「そうはいかない。あんたが未亡人から貰った指導料はそのうちにそっくりいただくが、査察の対象になってる法人や個人資産家たちのリストを持ってきてくれたな。いろいろ事業計画があるんで、金が必要なんだよ」

「隠し金を奪う気なんだな？」

「そういうことだ。査察対象者リストを渡してもらおうか」

村瀬が前に出て、右手を差し出した。

次の瞬間、暗がりから黒いフェイスキャップを被った男が二人躍り出てきた。片方は金属バット、もうひとりは木刀を握っている。

「久米、てめえはおれを……」

「殺してくれとは頼んでないよ。おたくがわたしに妙な要求をしないように少し痛めつけてほしいとお願いしただけさ」

「そいつらは何者なんだ？　やくざじゃなさそうだが……」

「二人とも組員じゃないよ。しかし、荒っぽい私刑屋として闇サイトで依頼が多いようだね。懲りずに脅迫してきたら、プロの殺し屋に始末させるぞ」

久米が言い放ち、地を蹴った。三上は久米の行く手を塞ぐ気になりかけたが、すぐに思い留まった。久米が三上の潜んだ暗がりの横を走り抜けていった。

久米に雇われたらしい男たちが村瀬を挟む形になって、金属バットと木刀を振りかぶった。

「おまえら、久米則久からいくらずつ報酬を貰えることになってるんだ？」

「二十五万ずつだよ。それがどうしたっ」

金属バットを翳した男が喚いた。

「おれは、四十万円ずつ払ってやる。だから、すぐに久米を追っかけて、ここで半殺しにしてくれないか。そうすりゃ、おれに逆らわなくなるだろう」

「依頼人を裏切るわけにはいかねえよ」

「わかった。二人に五十万ずつ払う。すぐに久米を追ってくれ」

村瀬が言った。

木刀を手にした男が仲間に何か言って、前に跳んだ。着地する前に木刀を水平に泳がせた。村瀬がステップバックする。

木刀が手許に引き戻された。数秒後、今度は金属バットが上段から振り下ろされた。村瀬がバランスを崩して、尻餅をついた。

フェイスキャップで顔面を隠した二人が、相前後して得物を振り上げた。金属バットと木刀で頭部を撲たれたら、村瀬は死んでしまうかもしれない。もう傍観はしていられない。

三上は前に走り出た。

「てめえ、なんだよ。仲裁なんかしやがったら、怪我するぜ」

金属バットを持った男が、大声で威嚇した。

「警察の者だ。二人とも武器を捨てろ！」

「おれはお巡りが大っ嫌いなんだ。ぶっ殺してやらあ」

「やめとけ」

三上は制止した。だが、二人の男はいきり立ったままだ。ほとんど同時に、立ち向かってきた。

急に村瀬が立ち上がり、神殿のある方向に走りだした。金属バットと木刀が交互に振られた。

「二人とも地べたに這え！　命令に従わないと、撃つぞ」

三上は腰からシグ・ザウエルＰ230を抜いた。フェイスキャップの男たちは竦み上がり、武器を投げ捨てて命令に従った。

三上は二人の脇腹に一発ずつ鋭い蹴りを入れた。男たちは体を丸めて、転がりはじめた。

「おまえら、逃げるなよ」

三上は言って、勢いよく駆けだした。村瀬の逃げた方向に走り、神社の石段を駆け降りて山王下まで出た。

だが、村瀬の姿はどこにも見当たらない。来た道を逆戻りする。フェイスキャップを被った二人の姿は掻き消えていた。三上は境内を出た。レクサスは駐められたままだった。

三上はプリウスに乗り込み、急いで脇道に移動させた。神社の外周路に駆け戻り、レクサスの近くの物陰に身を潜める。

ほとぼりが冷めたころ、村瀬は自分の車を取りに戻るだろう。そう予想したのだが、レクサスに走り寄る人影は目に留まらない。

三上は足踏みしながら、ひたすら待ちつづけた。一時間待っても、村瀬は姿を見せない。レクサスを置き去りにしたまま、逃走する気になったのだろう。

三上は半ば諦めながらも、張り込みを打ち切ることができなかった。全身が凍えはじめていた。

4

夜が明けた。

三上は徹夜で張り込んでみたが、ついに村瀬は戻ってこなかった。プリウスはレクサスの四十メートルほど後方に移してあった。寒さに耐えられなくなって、覆面パトカーを山王日枝神社の外周路に戻したのだ。

瞼(まぶた)が重い。頭もぼんやりとしている。

三上はいったん帰宅して、仮眠を取ることにした。プリウスを発進させ、塒(ねぐら)をめざす。

三上は自宅マンションに帰りつくと、すぐにベッドに潜り込んだ。三時間あまり泥のように眠った。

三上は熱めのシャワーを浴びて、伸びた髭も剃った。寝不足のせいか、食欲はなかった。ブラックコーヒーを飲んでから、三上は旧友を装って村瀬宅に電話をかけた。受話器を取ったのは、妻の真理だった。

予想通り、村瀬は自宅マンションに戻っていなかった。真理の話によると、夫の携帯電話の電源は切られているという。村瀬は脅迫罪で緊急逮捕されることを恐れ、逃亡を図ったにちがいない。

三上は午前十時半過ぎに部屋を出て、須賀敬太の自宅に向かった。三十数分後に目的地に到着したが、ワンルームマンションの周辺は刑事だらけだった。

本庁機動捜査隊と所轄署は、須賀が篠誠を殺害したとまだ疑っているようだ。三上は須賀が何かを隠していると考え、探りを入れてみる気だった。しかし、須賀と接触することは難しいだろう。

三上は、東京国税局査察部の久米則久に会ってみることにした。チーフ査察官が村瀬の居所を知っている可能性は低いが、篠殺害事件の手がかりを得られるかもしれないと考えたわけだ。

東京国税局大手町合同庁舎3号館に着いたのは、十一時四十分ごろだった。三上は受付で身分を明らかにして、久米に面会を求めた。

受付ロビーで数分待つと、久米がやってきた。

「何かの間違いでしょ？　わたし、事情聴取されるようなことはしてませんから」

「昨夜（ゆうべ）、こちらも山王日枝神社の境内にいたんですよ」

三上は小声で言った。久米が絶句して、顔を引き攣（つ）らせた。

「表に出たほうがいいでしょ？」

「は、はい。そのほうがありがたいですね。それにしても、まいったな」

「行きましょう」

三上は先に歩きだした。数歩後から、久米が従いてくる。

三上は外に出ると、大手町合同庁舎3号館と気象庁の間にある脇道に足を踏み入れた。

人通りは少ない。立ち止まって、体を反転させる。

「刑事さんは、なぜ境内にいたんです？」

久米が訊いた。

「村瀬雅也を尾行してたんですよ。ある殺人事件に関わってるかもしれないんでね」

「その事件の被害者は、ブラックジャーナリストの篠誠なんでしょ？」

「ええ、そうです。久米さんは、村瀬が篠を殺ったと思ってるのかな？」

「それはわかりませんが、村瀬は篠の代理人のようなんで……」

「あなたは資産家の若い未亡人の色仕掛けに嵌まって、相続税をぐっと圧縮させてやった。その礼として二千万を貰ったんでしょ？」

「それは……」

「シラを切っても意味ありませんよ。こっちは暗がりで、あなたと村瀬の会話をすべて聞いてたんです」

「わたしは収賄で逮捕されてしまうんですか?」

「こっちは汚職捜査担当じゃないから、協力次第では……」

「目をつぶってもらえるんですね?」

「場合によっては見逃してやってもいいですよ。その前に若い未亡人に誘惑されたことは認めますね?」

「は、はい。彼女はミニスカートを穿いてて、何度も脚を組み替えたんです。パンティーを穿いてなかったんで、性器が丸見えだったんですよ」

「それで、劣情を催したわけか」

「そうなんですが、わたしは未亡人にのしかかったりしてません。目のやり場に困ってると、彼女はわたしの足許にうずくまってスラックスのファスナーを一気に下げ……」

「ねっちりとしたフェラチオを受けた後、寝室に誘い込まれたわけか」

「わたしは、幾度も未亡人を手で制しました。そのたびに、彼女は性感帯を的確に刺激してきたんですよ。そんなことで、ついに拒めなくなって……」

「そこまでされたら、自制心は利かなくなるだろうな」

「わたし、愚かでした。寝室にはＣＣＤカメラが仕掛けられてたんですよ。罠に嵌まってしまったわけです」

「あなたは相続税を少なくする脱税テクニックを伝授(でんじゅ)して、二千万円の謝礼を受け取ったんですね？」

三上は確かめた。

「そうです」

「脱税した金額は？」

「約三億五千万ですね。未亡人が相続税を圧縮したことを他人に漏らすはずありませんから、おそらく税理士が篠誠に教えたんでしょう」

「篠は久米さんに二千万円をそっくり渡せと脅迫しただけではなく、査察の対象になってる企業や個人資産家のリストまで要求したんですね？」

「ええ、そうです。篠は自分の代理人の女性に後日、連絡させると言ってたんですが……」

「女性代理人からの連絡はなく、村瀬雅也から脅迫電話がかかってきたわけか」

「そうなんです。二千万は後でいいから、査察対象になってる法人や個人資産家のリストを先に渡せと言われたんで、きのう、指定された山王日枝神社の境内に行ったんですよ」

「村瀬の言いなりになったら、あなたは身の破滅だと思った。そして、ネットの裏サイトで私刑屋(リンチや)を見つけ、村瀬を半殺しにさせようとしたのか」

「はい。そこまでやれば、村瀬はビビると思ったんですよ」

「フェイスキャップを被ってた男たちについても喋ってもらおうか」

「それぞれ佐藤、山本と名乗ってましたが、本名ではないでしょう。どちらも二十代の後半でしょうが、詳しいことは何も知らないんですよ。着手金として十万円ずつ渡しましたが、残りを請求してはこないでしょう」

「だろうね」

「刑事さん、篠を殺害したのは村瀬なんじゃないですか。村瀬は篠から恐喝材料を横奪りしたんじゃないのかな。報復を恐れて、先に篠を始末したんでしょう。篠が言ってた女性代理人がどこの誰かわからないが、その彼女は村瀬に寝返ったんだと思いますよ」

「その女性代理人は、村瀬の実の姉さんなんでしょう。しかし、その彼女は先月十四日に何者かに殺されてしまった」

「篠と何かで揉めたんで、命を奪われることになったんじゃないんですかね？　篠にアリバイはあるんだろうか」

「実行犯が篠でないことは間違いないんですよ」

「だったら、篠が第三者に恐喝の共犯者の女性を葬らせたんだろうな。村瀬はそのことを知って、篠を殺したんでしょ？　そんな気がしますね」

「そうなのかな」

「捜査に協力したんだから、もう職場に戻ってもいいでしょ？」

「甘いな」

「それ、どういう意味なんです？」

久米が高い声で問いかけてきた。

「こっちは現職の警察官なんですよ。あなたの犯罪に目をつぶるわけないでしょうが？」

「さっきの約束はどうなるんだっ。捜査に協力してくれたら、汚職の件は見逃してくれると言ったじゃないか」

「久米さんは無防備に生きてきたんだな。だいぶ前から懐でＩＣレコーダーが作動してるんですよ。二人の遣り取り（やりとり）はそっくり録音されてるはずです」

三上は作り話を澱（よど）みなく喋った。

「汚い奴だ」

「緊急逮捕されたくなかったら、辞表を書いてから警察に出頭するんですね。資産家の未亡人の自宅はどこにあるんです？」

「成城五丁目だよ」

「なら、成城署に出頭するんですね。警視庁捜査二課の知能犯係の係官に収賄のことを自供してもいいが……」

「終わった。わたしの人生は終わってしまった」

久米が虚ろな目で呟き、その場にうずくまった。

「自首すれば、少しは刑が軽くなる」

「それが何になるっ」

「逃げたら、罪が重くなるよ」

三上は表通りに向かって歩きだした。後ろで、久米が意味不明な言葉を発した。

三上は振り返らなかった。路上に駐めたプリウスに乗り込み、六本木方面に向かった。

三上は麻布十番の中華飯店で昼食を摂ってから、村瀬の自宅に車を走らせた。

『恵比寿スカイマンション』に着いたのは、午後一時数分前だった。

村瀬の妻は、まだ昼食を済ませていないかもしれない。三上は少し時間を遣り過ごすことにした。ゆったりと煙草を喫っていると、伏見刑事課長から電話がかかってきた。

「慶大の法医学教室で司法解剖された篠誠の所見を入手した。死因は絞頸による窒息死で、死亡推定時間は午前九時五十分から同十一時の間とされた。その間、事件現場の近くに設置された防犯カメラに須賀敬太の姿が映ってたわけだが、本人は犯行を強く否認した。で、所轄署は須賀を帰宅させた」

「須賀の家に行ってみたんですが、刑事だらけでしたよ」

「そうだろうね。検視官と同じように解剖医も被害者は抵抗する間もなく殺されたんだろうと見立ててるな。索溝が深いことから、二、三十代の男が加害者なんだろう」

「そう判断するのは早計かもしれませんよ。いつかテレビで観たんですが、女性アームレスリングのチャンピオンはスレンダーな美女でしたからね。ボディービルダーの女性なら、並の男よりも握力は強いでしょう」

「そうなんだが、犯人が女なら、たいがい刃物を使うんじゃないか。絞殺犯の大半は男のはずだよ」

「ええ、そうですね」

「ところで、村瀬雅也はまだレクサスを放置したままなのか？」

「ええ」

三上は前夜、張り込み中に伏見刑事課長に電話で経過を伝えてあった。

「そうか。東京国税局の久米チーフ査察官の不正につけ込んだことを三上君に覚られたからって、妻にも何も言わずに逃亡する気になるだろうか。村瀬は誰かに篠誠を始末させたのかもしれないぞ」

「その動機は？」

「姉の茜は篠の企業恐喝の片棒を担いでた。当然、篠が入手した恐喝材料を知ってたにちがいない」

「そうでしょうね。村瀬は恐喝材料を横奪りして、大企業から多額の口止め料をせしめる気になったのではないかってことなんでしょう？」

「そう。村瀬は姉貴の死に篠が絡んでるという心証を得たのかもしれないぞ。だとすれば、篠から恐喝材料をいただいて殺ってしまおうと考えるんじゃないか。姉さんの夢を叶えてやりたいと思うだろうし、本人もカフェの経営をする気でいるんだ。事業資金を恐喝で工面するつもりなんじゃないか」

「そうなんでしょうが、篠が村瀬茜の事件に関与してたという証拠は何もありません。それから、村瀬雅也が篠の死に関与してるという裏付けもないわけでしょ？」

「そうだな。わたしの勘はそう鈍ってないと思うが、臆測や推測に引っ張られるのはよくないね。わたしの筋読みは頭の中から消して、きみの判断で捜査を進めてくれないか」

「そうさせてもらいます」

三上は通話を切り上げた。プリウスを降り、『恵比寿スカイマンション』の集合インターフォンの前まで歩く。数字キーに手を伸ばして七〇三と押すと、村瀬真理の声で応答があった。

「渋谷署の三上です」

「ご苦労さまです」

「ご主人はいらっしゃいますか？」

三上は空とぼけて、そう問いかけた。

「あいにく外出しておりまして……」

「どちらにお出かけでしょう？」

「多分、青山の不動産屋さんに行ったんだと思います。カフェを経営するんで、いろいろ店舗を見て歩いてたんですよ。ようやく条件の適う物件が見つかったんで、借りることになったんです」

「それはよかったですね。奥さんにも少しうかがいたいことがあるんで、七階に上がってもかまいませんか？」

「数分待ってくれます？　いま、シューズボックスの中の靴を整理中で玄関が散らかってるんですよ」

「そういうことでしたら、数分後にお邪魔します」

「大急ぎで片づけましたら、一階のオートロックを解除します」

真理の声が途絶えた。

三上はアプローチの両側に植えられた花を愛でてから、エントランスロビーに入った。エレベーターで七階に上がる。

三上は七〇三号室のインターフォンを鳴らした。待つほどもなくドアが開けられた。

そのとたん、柑橘系の香りが室内から流れてきた。整髪料の匂いだろう。

「うっかり数十分前に洗面所で夫の整髪料の罎を落として割ってしまったんですよ。換気扇を回しっ放しにしておいたんですけど、まだ匂うんですね」

「ええ、少し。小田原のご実家を訪ねたときは、ご主人、整髪料はつけてなかったな」

「帰省したときに義母から少し頭髪が脂臭いと言われたとかで、急にヘアトニックを使うようになったんですよ。わたしは別段、夫の頭が臭いと感じたことはなかったんですけどね」

「村瀬さんは三十三なんですから、加齢臭とは無縁でしょ？」

「夫の母親は人一倍、嗅覚が鋭いんですよ。わたしが化粧品を変えたりすると、すぐにわかるんです。ですから、息子の頭髪か頭皮が臭く感じられたんでしょうね。どうぞお入りください」

「お邪魔します」

三上は三和土に入り、後ろ手にドアを閉めた。

「お上がりになってください」

「ここで結構です」

「そうですか」

真理が玄関マットの上に坐った。正坐だった。立ったままで喋るのは失礼だろう。三上は片膝を落とした。

真理がラックからスリッパを抜き取り、三上の膝頭に宛てがうよう勧めた。三上は恐縮しながら、スリッパを借り受けた。

「奥さんは気が利くんですね。ご主人はあなたに感謝してるでしょ？」

「新婚時代はありがたがってくれましたが、世話を焼きすぎたんで、うっとうしがられるようになってしまいました」

「罰当たりだな、うっとうしがるなんて」

「わたし、夫のネクタイまで結んでやってたんです。ソックスも履かせてあげてました。なかなか子供ができなかったんで、つい主人の世話をしてしまったんですよ。でも、夫は小さな子供ではありません。うっとうしくなるのは当たり前ですよね？」

「あなたは村瀬さんに惚れ抜いてるんだろうな。それはそうと、ご主人の口から篠誠というブラックジャーナリストのことを聞いたことはありますか？」

「いいえ、ありません。ブラックジャーナリストというと、恐喝じみたことをしてるんでしょうね？」

「そうです。篠は村瀬茜さんが違法ビジネスを副業にしてることを嗅ぎつけて、企業恐喝の片棒を担がせてたようなんですよ」

「義姉は弱みにつけ込まれて、悪事の手伝いをさせられてたんですか⁉　義姉は事業欲は旺盛でしたが、分別は弁えていました。とても信じられません」

「そうでしょうね」

「義姉は悪いことはもうしたくないと篠という男にはっきりと言ったことで、殺されてしまったのかしら？　篠は義姉に都合の悪いことを知られてるわけでしょ？」

「そうなんですが、これまでの捜査では篠は一月十四日の事件には関わってないようなんですよ」

「そうなんですか」

「事件当夜、篠にはれっきとしたアリバイがありました。したがって、実行犯ではあり得ません」

「でも、誰かに義姉を絞殺させた疑いはあるんじゃないですか？」

「ええ。しかし、篠が第三者に茜さんの口を塞がせた様子もなかったんですよ」

「それなら、事件にはタッチしてないんでしょう」

「言いにくいことを話さなければならないんですよ」

「何でしょう？」

真理の表情が引き締まった。

「あなたのご主人は、篠が押さえた企業の不正や役員のスキャンダルを知ってるようなんです。亡くなった茜さんから恐喝材料を教えてもらったんでしょうね。それで、村瀬さんは恐喝相続人になったと疑えるんですよ」

「夫が恐喝を働いてると言うんですかっ」

「奥さん、落ち着いてください。ご主人が東京国税局のチーフ査察官の弱みにつけ込んで、大口脱税をしてる疑いのある企業や個人資産家のリストを手に入れようとしたことは事実なんです」

「それはいつのことなんです？」

「昨夜のことです」

三上は詳しいことを話した。

「夫は刑事さんを見て、慌てて逃げたんですか？」

「ええ。ご主人は昨夜、自宅には戻ってこなかったんでしょ？　午前中に知人に化けて電話をしたのは、実はわたしなんです」

「やっぱり、そうなのね。聞き覚えがあるような声だと感じましたし、夫の知り合いに中村さんはいないと訝しく思ってたんですよ」

「怪しまれてたんですか。ところで、きのう午前中、ご主人はどこでどうされていたんでしょう？」

「わかりません。一昨日も夫は無断外泊したんですよ。携帯の電話も切られてましたんで、篠という男に追われてたのかもしれません。自宅に戻ったら、妻のわたしも危害を加えられる恐れがあると考えたんだと思います。夫はわたしを大切にしてくれてましたんでね」

「そうですか」

「あっ、もしかすると……」

真理が口に手を当てた。

「言いかけたことを喋っていただけませんか」

「は、はい、夫は逃げ回ることに疲れて、逆襲に出たのかもしれないと思ったんです。だけど、主人が篠という男を殺すわけありません。心根は優しいんですよ。ですんで、人殺しなんかできっこありません」

「奥さんは、『女子高生お散歩クラブ』の店長だった須賀敬太とは面識があります？」

「ええ、よく知ってます。夫が何回も彼をここに連れてきたんで、わたしは手料理でもてなしましたんでね。須賀君がどうかしたんですか？」

「篠が殺害された現場には、須賀敬太の指紋や掌紋の付着した革ベルトが落ちてたんですよ。ベルトが凶器であることはすでに報道されましたが、指掌紋の件はまだ警察は発表してません」

「彼は疑われたんですか？」

「任意同行を求められて、所轄署で事情聴取されました。ただ立件材料が揃わないんで、帰宅を許されて代々木上原の自宅マンションにいるはずです」

「夫が須賀君に頼んで、篠という男を殺してしまったのかしら？　そうだったら、わたし、主人を庖丁で刺して、自分も喉を……」

「奥さん、早まったことはしないでください。話は飛びますが、あなた方ご夫婦は茜さんの大金を預かってませんでした？」

「いいえ」

「あなたの義姉は、悪事の片棒を担いで篠誠から相応の分け前を貰ってたはずなんです。そうした金で、茅ヶ崎の土地を四億数千万円で購入したんでしょう」

「お金は一度も預かったことないわ」

「そうですか。ご主人がまとまったお金を家に持ち帰ったことは、どうでしょう?」

「そういうこともありませんでした」

「そう」

「刑事さん、夫を早く見つけ出してください。主人が篠殺しに関わってるとしたら、ブラックジャーナリストの仲間に殺されるかもしれないでしょ?」

「努力します。時間を割いていただいて、ありがとうございました」

三上は立ち上がって、スリッパの底の埃を手で払った。

第五章　驚愕の真相

1

二台の警察車輛が走り去った。

ようやく張り込みが解除されたらしい。午後九時過ぎだった。

三上はプリウスを発進させ、ワンルームマンションの前まで走らせた。須賀敬太は自分の部屋にいるにちがいない。

三上は車を降り、二階に駆け上がった。

二〇五号室のインターフォンを鳴らす。スピーカーから須賀の声が流れてきた。

「どなたですか?」

「渋谷署の三上だよ。もう張り込みは打ち切られたから、風俗店に出かけても大丈夫だぞ」

「そんな気にはなれませんよ。篠誠を殺したんじゃないかと警察に疑われてるんですから」

「おれは、そっちはシロと睨(にら)んでる。篠を殺(や)った奴を突きとめてやるから、協力してくれないか」

「言ったこと、本当ですか？」

「ああ。真犯人がわかれば、そっちがもう張られることはなくなる」

「わかりました。いま、ドアを開けます」

「よろしく！」

三上は少し退(さ)がった。

待つほどもなくドアが開けられた。三上は二〇五号室に身を滑り込ませた。

須賀は、やつれていた。顔色がすぐれない。所轄署で厳しく追及された上に張り込まれたことで、精神的にダメージを受けたのだろう。

「だいぶ参ってる感じだな」

「当たり前でしょ！　殺人犯扱いされた上に、自宅を張り込みつづけられてたんですから。おれに犯歴があるからって、行き過ぎですよっ」

須賀が怒りを露(あらわ)にした。

「頭にくるのはわかるが、そっちは村瀬雅也に頼まれて無灯火の車で篠誠を轢(ひ)く真似をしたんだから、疑われても仕方ないんじゃないのか」

「本気で撥(は)ねる気なんかなかったんですよ。篠をビビらせてくれと頼まれたんで、おれは言われた通りにしたんだ。もちろん、村瀬さんだって篠を殺(や)る気はなかったでしょう。お姉さんの分け前を払わせたかっただけだと思うな」

「そっちは、篠の事務所に行ったことは認めたそうだな。防犯カメラに自分の姿が捉(とら)えられてたんで、嘘はつけないと考えたわけかい?」

「行ったことは認めますよ。けど、おれは革ベルトで篠を絞め殺してない。本当に本当なんです。事件のあった朝、村瀬さんの代理人と称する者から電話があったんですよ。篠が未払い分の金を払うと言ってるから、事務所で受け取ってくれと……」

「そう言われたのか?」

「ええ、そうなんです。代理人は公衆電話を使って、ボイス・チェンジャーで声を変えてました。だから、年恰好(としかっこう)の見当はつきませんでした。男だと思うけど、女だったのかもしれません」

「中性的な声に聞こえたってことだな?」

「ええ、そうです」

「村瀬雅也は、なぜ代理人を使わなければならなかったんだい？　おかしいとは思わなかったのか？」

「思いましたよ。だけど、村瀬さんの姉貴が貰える金の回収をおれにさせた証拠を残したくなくて、代理人を使ったんだろうと納得しちゃったんです」

「なるほど。で、篠の事務所に行ったんだ？」

「そうです。エレベーターから出たら、ホールに篠が倒れてました。大声で呼びかけてみたんだけど、返事はありませんでした」

「そのとき、もう死んでると思ったんだな？」

三上は確かめた。

「ええ、そうです。床に革ベルトが落ちてたんで、絞殺されたんだろうと思ったんです」

「ベルトが自分の物だとは気づかなかったのか？」

「気が動転してたんで、よくベルトを見なかったんですよ。後で自分の革ベルトと知って、びっくりしました。と同時に、誰かが自分を殺人犯に仕立てようとしてると直感したんです。身震いしましたよ」

「そっちの指紋や掌紋が付着したベルトは、いつなくしたんだ？」

「記憶がはっきりしないんだけど、去年の十一月か十二月ごろだったと思うな。おれ、職場のロッカーに予備のベルトをいつも入れてたんですよ」

「なぜ、そうしてたんだ？」

「大盛りを売りにしてる喰いもの屋で昼飯や夕飯を摂(と)ったときは、ベルトがきつくなったりするんですよ。穴を一つずらすと、今度は緩(ゆる)くなったりするんで落ち着かなくなるんです。そんなことで、穴の位置が微妙に違う別のベルトを予備にロッカーに入れてあったんだよね。夏は綿ベルトに交換してました」

「ベルトを交換したとき、誰かが遺留品をロッカーから盗み出して、そっちに濡衣を着せようと画策したのかもしれないな」

「そうなんですかね。『女子高生(JK)お散歩クラブ』の事務所には村瀬さんとおれしか出入りしてなかったから、おれのベルトを無断で持ち去った人間は……」

「村瀬雅也しかいないということになるな」

「そうなんだけど、おれは村瀬さんに頼まれて篠誠をビビらせてやったりしてたんです。別に恩着せがましいことを言うつもりはないけど、村瀬さんはおれの存在をありがたいと思ってたはずですよ」

「そうなんだろうが、村瀬は自分の悪事をそっちに知られてるわけだ。利用価値はあっても、そっちは都合の悪い人間でもある」

「そうだろうけど、おれは村瀬さんの弱みにつけ入る気なんかなかったですよ。割に目をかけてもらってたし、恵比寿のマンションでよく飯も喰わせてもらってましたからね。村瀬さんと酒を酌み交わして、何度か泊めてもらったこともあります。酔い潰れたりしても、村瀬さんはちょくちょく自宅に招いてくれました。奥さんも歓待してくれてましたよ」

「そこまで親しく接してたんだから、村瀬がそっちに罪を被せようなんて考えるわけはない？」

「そう思いたいな」

「しかし、村瀬は高級少女売春クラブで荒稼ぎできなくなったんで、カフェの経営をする計画だった。現に空き店舗物件を見て回ってた。そのことは知ってたかい？」

「知ってるどころか、おれをカフェの店長にしてくれるってことになってるんです」

「そうだったのか。なぜ、そのことをこっちに言わなかった？」

「別に他意はありません。そこまで話す必要はないと思ったんですよ。村瀬さんはお姉さんの遺志を継いでシェアハウスの経営に力を傾けたいんで、しばらくカフェのほうはおれに任せると言ってくれたんです。そんな村瀬さんがおれを殺人犯に仕立てて斬るとは考えられないな」

「そうだろうか。しかし、村瀬は何らかの形で篠の事件に関わってるんじゃないのかね。犯行動機がなくはないんだ」

「なんで村瀬さんは、篠誠を殺さなければならないんです？」

須賀が考える顔つきになった。

「村瀬雅也は姉貴の分け前が未払いのままであることで、篠と揉めてた。姉の茜は篠とつるんで企業恐喝を重ねてたわけだが、共犯者を裏切ってた疑いもあるんだよ」

「えっ、そうなんですか⁉ 村瀬茜さんは、どんな裏切り行為をしてたんです？」

「茜は篠に渡されてた恐喝材料を無断で使って、単独で企業から口止め料を脅し取ってたようなんだよ。そのことを知った篠が村瀬姉弟に警告したか、命を狙ったかもしれないんだ」

「そうなら、篠が誰かに茜さんを始末させたんじゃないのかな。だから、村瀬さんは自分が殺られる前に先に篠を片づける気になったんだろうか。いや、そんなことは……」

「その疑いは拭えないだろうな」

「でも、村瀬さんまで篠に命を狙われたりしないでしょ？」

「命を狙われても仕方がないようなことをしてたんだよ。村瀬は姉が握ってる恐喝の種を切り札にして、東京国税局のチーフ査察官を脅迫し、査察対象になってる法人や個人資産家のリストを手に入れようとしてたんだ」

「その恐喝材料は、篠が茜さんに提供したんですか？」

「ああ、そうだろう。村瀬雅也が姉の恐喝相続人になって、大口脱税をしてる会社や資産家から多額の口止め料をせしめる気でいたことは間違いないな。昨夜(ゆうべ)から村瀬は姿をくらましてるんだよ」

「村瀬さんがおれのベルトで篠を絞殺して、逃走を図ったのかな。誰かに篠を殺(や)らせることが発覚したら、弱みを握られたことになるでしょ？」

「そうだな」

「だから、村瀬さんは逃げ(フケ)たんだろうか。でも、おれに濡衣を着せるとは思えないんですよね」

「話は飛ぶが、そっちが篠の絞殺体を発見したとき、あたりに整髪料の香りが漂ってなかったか？」

「そう言われれば、柑橘系の香りがしましたね。あれはヘアトニックの匂いだったんだろうな」

「村瀬は最近、整髪料を使うようになってたのかな？」

「いや、使ってないと思います。少なくとも、以前はずっと使ってませんでしたよ」

「そうか。奥さんの話だと、村瀬は自分の母親に髪の毛が脂臭いと言われたんで、整髪料を使うようになったらしいんだ」

「そうなんですか。奥さんがそう言ってるんだったら、そうなんじゃないのかな」

「村瀬の自宅に整髪料があったことは確かなんだ。おれが恵比寿の自宅マンションを訪ねたとき、室内にヘアトニックの匂いが充満してたんだよ」

「村瀬さん、整髪料を使いすぎたのかな？」

「そうじゃないんだ。奥さんが洗面所でヘアトニックの瓶を落として割ってしまったとかで、柑橘系の香りが強く匂ってたんだよ」

「そういうことか。でも、洗面所に整髪料のボトルがあったんなら、村瀬さんはヘアトニックを使うようになったんでしょう」

「そう思ってもいいんだろうが……」

「なんか引っかかってるんですね？」

「ちょっとな。それはそうと、村瀬夫婦の仲はどうなんだろう？　おれの印象では仲睦まじいと見えたんだがね」

「夫婦仲はよかったですよ。おれが恵比寿の自宅に行ったときは、本当に仲がよさそうでした。子供がいないせいか、まだ恋人同士に見えるときもあったな」

「そうか」

「だけど……」

「何だい？」

　三上は聞き逃さなかった。

「村瀬さんはマスクが整ってて一分の隙もないようですが、案外、抜けてるとこがあるんですよ。平気で子供っぽい言い訳をするし、箸の使い方が下手なんです。だから、豆なんかをよく落としてました」

「そういうタイプの男は母性愛をくすぐるんで、女にモテるだろうな」

「ええ、そうなんですよ。逆ナンパというか、村瀬さんにモーションかけるクラブホステスもいました。村瀬さんは結婚してるわけだけど、そんな女たちと浮気してたんじゃないかな。もちろん、奥さんにはバレないようにしてね」

「いまも浮気してる相手がいるんじゃないのか？」

「いや、いないと思いますよ」

　須賀が答えながら、目を逸らした。

「そっちは嘘をついてるな？」

「おれ、嘘なんかついてませんよ」

「村瀬の女性関係を正直に教えないと、殺人未遂で検挙させるぞ」

「殺人未遂⁉」

「そうだ。そっちは無灯火の車で明らかに篠誠を轢き殺そうとしてた。おれは事件現場にいて、犯行現場ではっきりと目撃してたんだ」

「ちょっと待ってくださいよ。おれは村瀬さんに頼まれて、篠を轢く真似をして怯(おび)えさせただけですよ。そう言ったでしょうが！」

「そうじゃないな。そっちには絶対に殺意があった。ジグザグに逃げた篠をめがけて車は猛進してた。おれがそう証言すれば、そっちは殺人未遂で起訴されるだろう」

「現職の警察がそんな嘘をついてもいいのかよっ」

「おれが偽証したかどうかは、法廷ではっきりするだろう。とりあえず、そっちを地検に送致してもらうことにするか」

「やめてくれ！　村瀬さんは浮気してるよ」

「不倫相手の名は？」

「島村由奈(しまむらゆな)という名前で二十五歳だよ。村瀬さんがよく買物をしてたセレクトショップの美人店員だったんだけど、一年数カ月前から……」

「村瀬に囲われてるんだな？」

「そうです。代官山（だいかんやま）の高級賃貸マンションに住まわせてもらって、ベンツのスポーツカーを乗り回してる」

「由奈が住んでるマンション名は？」

「『代官山ロイヤルヴィラ』です。部屋は、確か八〇一号室だったな。村瀬さんは愛人宅に隠れてるんですかね？」

「そうかもしれないな。村瀬に余計なことを言ったら、そっちは殺人未遂で起訴されることになるぞ」

「わ、わかってます」

「邪魔したな」

三上は体の向きを変え、ドアのノブに手を掛けた。

2

集合インターフォンの前で足を止める。

『代官山ロイヤルヴィラ』だ。間もなく午後十時になる。

三上は八〇一号室のインターフォンを鳴らした。ややあって、スピーカーから若い女性の声が流れてきた。

「どちらさまでしょう?」

「『週刊トピックス』の記者です。夜分に申し訳ありませんが、取材に協力してもらえませんか?」

「取材って?」

「あなたは島村由奈さんでしょ?」

「ええ、そうですけど」

「ストレートに言ってしまいます。あなたは、村瀬雅也の愛人ですよね?」

「愛人じゃなくて、恋人と言ってほしいな。村瀬さんはそう遠くないうちに奥さんと別れて、わたしと結婚してくれると言ってくれたんですよ。わたしたち二人は、いわゆるパトロンと愛人という関係じゃないんです。奥さんには悪いけど、わたし、彼をかけがえのない男性だと思ってるんですよ」

「村瀬とは、なるべく早く縁を切ったほうがいいと思うな」

「なぜです?」

「村瀬は恐喝を重ねてるんですよ。いずれ警察に捕まるだろう」

「えっ、そうなの⁉　村瀬さん、彼は億単位の遺産が入ったと言ってたけど。去年の春に病死したお父さんは事業家だったと聞いてたんです」

「小田原の実家で暮らしてる父親は、年金生活者なんだ。事業家なんかじゃない」

「その話、本当なんですか⁉　なぜ彼は、わたしに嘘なんかついたのかしら？」

「悪いことをやってることをあなたに知られたくなかったんだろうな。インターフォンで長い遣り取りをしてるわけにはいかないでしょうから、エントランスロビーまで降りてきてもらえませんか」

　三上は言った。

「教えてほしいことがあるんで、八階まで上がってください。オートロックは、すぐに解除します」

「こんな時刻に部屋まで入り込むのは、失礼なんじゃないかな」

「かまいません。エントランスロビーで話し込んでいたら、このマンションの居住者に遣り取りを聞かれてしまうかもしれないでしょ？」

「わかりました。それでは、あなたの部屋に伺います」

「そうしてください」

　由奈の声が熄んだ。

三上はエントランスロビーを斜めに進み、エレベーターに乗り込んだ。八〇一号室のドアをノックすると、島村由奈が応対に現われた。

女優のように美しい。肢体もセクシーだった。三上は玄関先で聞き込みをするつもりだったが、リビングに通された。間取りは2LDKだが、各室が広かった。

由奈は三上をソファに坐らせると、手早く日本茶を淹れた。ひとり分だった。湯呑み茶碗を三上の前に置き、向き合う位置に坐る。

「実は週刊誌の記者じゃないんだ」

三上は警察手帳を呈示し、姓だけを名乗った。由奈が緊張した顔つきになった。

「きみは、村瀬の実姉の茜が先月中旬に絞殺されたことは知ってるね？」

「は、はい。彼のお姉さんには一度会っています。村瀬さんを交えて、三人で食事をしたんですよ。確か去年の五月ごろでした」

「そのとき、きみは姉弟に何か頼まれなかった？」

「頼まれました。村瀬さんのお父さんが生前に自宅に隠してあった現金をしばらく預かってもらえないかと……」

「相続税を少なくしたいとか言ってたんじゃないのかな」

「ええ、その通りです」

「さっき言ったように、姉弟の父親はまだ存命なんだよ。村瀬茜は、篠誠というブラックジャーナリストとつるんで企業恐喝を重ねてたんだ。自分の分け前の金をきみに預けたにちがいない。現金を運んだのは、茜本人だったのかな？」

「いいえ、弟の村瀬さんが数千万円ずつ運んできました。札束を数えたりするなと村瀬さんに何度も言われましたんで、わたしは預かったお金を納戸とウォークイン・クローゼットの二カ所に入れておきました」

「その金は、茜が企業恐喝で得た金だろう。その茜が殺され、恐喝の共犯者だった篠も何者かに命を狙われてしまった」

「村瀬さんが茜さんのお金を横奪りする気になったんでしょうか。ううん、そうじゃないわね。茜さんは茅ヶ崎の土地を購入するとかで、弟に四億数千万円を運び出させましたから」

「村瀬が姉のダーティー・マネーを奪った疑いはないと思うよ。茜は篠と分け前を巡って揉めてたんだ」

「それなら、恐喝の共犯者が茜さんを誰かに殺させたんじゃないのかしら？」

「捜査本部もそう推測して篠をとことん調べ上げたんだが、茜殺しには関与してないようだったんだ」

「そうなんですか」

「村瀬が実姉の事件に絡んでる疑いはなかった。しかし、篠の事件に関わってるかもしれないんだよ」

三上は言った。

「村瀬さんがどうして篠というブラックジャーナリストを殺さなければならないんですか?」

「篠は茜に払う約束だった三千万をいっこうに渡さなかったんだよ。そうこうしてるうちに、茜は殺害されてしまった。それで、故人の弟が姉の分け前を払えと篠に迫ってたんだよ」

「それでも、篠は未払い分をきれいにしなかったんですね?」

「そうなんだ。それには、どうも理由(わけ)がありそうなんだよ」

「どんな理由があるんでしょう?」

「篠は企業の不正や重役たちのスキャンダルの証拠を村瀬茜に渡して、恐喝相手と商談させてたんだ。村瀬は姉貴が死んでから、恐喝相続人になったようなんだよ。つまり、姉さんが篠から預かってた恐喝材料の残りを使って勝手に強請(ゆすり)を働いてた疑いが濃いんだ」

「彼は『女子高生(JK)お散歩クラブ』でだいぶ儲けたと言ってましたが……」

「村瀬はダミーの経営者だったんだよ。本当のオーナーは、姉貴だったんだ。優遇はしてもらってただろうが、村瀬の貯えだけではきみに贅沢はさせられないはずだよ。茜が殺されてから、村瀬は恐喝で荒稼ぎしてたんだろう。きみは、村瀬の金も預かってたんじゃないのか？」

「いいえ」

由奈が首を大きく振った。

「なら、村瀬が恐喝で得た金はどこに隠されてるのかね」

「わたしは知りません。高い家賃を払ってもらって、ベンツのスポーツカーも買ってもらったから、彼が違法な手段で大金を得てるのかもしれないと思ったことはあります。でも、本当にお姉さん抜きで村瀬さんに頼まれてお金を預かったことは一度もないんです。信じてください」

「そうか。村瀬が姉貴の遺志を継いでシェアハウスを経営する気でいることは知ってるね？」

「ええ、聞いてました。工事をすでに発注したことも知ってます。シェアハウスのほうで儲ける気はないんで、並行してカフェも経営するつもりだという話も……」

「そう」

「村瀬さんは、篠というブラックジャーナリストを誰かに殺させたんでしょうか」

「そう疑えなくもないんだが、ちょっと不自然な点があるんだよ」

「不自然な点というのは……」

「篠誠は革ベルトで絞殺されたんだが、凶器には『女子高生お散歩クラブ』の店長だった須賀敬太の指紋と掌紋が付着してたんだ。その革ベルトは、死体の近くに遺されてたんだよ。村瀬が目をかけてた須賀に篠を殺らせたんだとしたら、あまりにも無防備だろ？」

「ええ、そうですね。犯人が自分の指紋付きのベルトを犯行現場に置き去りにするなんて、常識では考えられない」

「そうなんだよ。捜査本部は須賀に任意同行を求めて、厳しく取り調べた。須賀は犯行を強く否認したんで、その日のうちに帰宅を許されたんだ」

「そうですか。元店長は、村瀬さんに篠という男を殺してくれと頼まれたと言ってるのかしら？」

「いや、そういうことはなかったと言ってる」

「それなら、村瀬さんは殺人依頼はしてないんでしょう。誰かが彼に恨みがあって、殺人事件の犯人に仕立てようとしたんじゃないのかな」

「姿をくらましたのは、恐喝容疑で逮捕されたくなかっただけなんだろうか」

「わたしは、そう思います。村瀬さんが携帯の電源を切ったままなんで、わたし、訝しく思ってたんですよ。でも、刑事さんの話を聞いて合点がいきました」

「単刀直入に訊くが、きみは村瀬の潜伏先を知ってるんじゃないのか？」

「いいえ、知りません。中古の別荘なら安く買えるから、そのうち伊豆高原あたりにセカンドハウスを購入したいと洩らしたことはありますけどね。でも、別荘を手に入れたという話は聞いてません」

「そう言ってたのは、いつごろなんだい？」

三上は問いかけた。

「去年の十一月ごろでした」

「まだ茜が生きてたころか。村瀬雅也は女子高生を買ってた客の男たちから口止め料をせしめてたのかもしれないな」

「JKリフレのビジネスが摘発で廃業に追い込まれたことは聞いてましたが、まさか上客たちを強請ったりしてないでしょ？　彼は、村瀬さんはそこまで悪党じゃないわ」

「きみがそう思いたい気持ちはわからなくないが、強かな男なんじゃないのか。ところで、村瀬は妻の真理とは仲睦まじいと思ってたんだが、実際は夫婦の仲は冷えてたのかな」

「村瀬さんが奥さんをけなしたことは一度もありませんね。むしろ、誉めてましたよ。でも、わたしのほうが好きなんで……」

「離婚すると言ってたのか」

「ええ。奥さんが悪いわけじゃないんで、五千万以上の慰謝料を払うつもりだと彼は言ってました」

「そう。真理さんは旦那の不倫に気づいてるんだろうか」

「彼は、まだバレてないはずだと言ってました。でも、もしかしたら、もう覚られてるのかもしれません。女性の勘は鋭いですからね」

「そうだな」

「村瀬さんが恐喝で捕まったら、わたしはどうなるんだろう?」

由奈が不安そうに呟いた。

「きみは村瀬の二度目の妻になりたいと考えてるんだろうが、別れたほうがいいな」

「そんなことできません」

「どうして?」

「まだお腹は目立ちませんけど、わたし、妊娠二カ月半なんです。もちろん、村瀬さんの子供ですよ。彼は奥さんと別れるまでバース・コントロールしようと言ってたんです。だけど、わたしは少しでも早く後妻になりたかったんで、こっそりスキンに針で穴を開けておいたんです」

「女は怖いな。村瀬は、きみが孕(はら)んだことを知ってるのか？」

「いいえ、知りません。もう少し経(た)ったら、打ち明けるつもりです」

由奈が口を閉じた。

三上は緑茶を喉に流し込んだ。湯呑みを茶托(ちゃたく)に置いたとき、寝室でスマートフォンか携帯電話の着信音が響いた。

「遠慮なく電話に出てくれ」

「いいんですか。すみません」

由奈がソファから立ち上がり、寝室に駆け込んだ。ドアが閉められる。

三上はリビングソファから静かに立ち上がり、忍び足で寝室に近づいた。ドアに耳を押し当てる。

「雅也さん、いったい何があったの？」

由奈が小声で問いかけた。

当然ながら、通話相手の声は三上の耳に届かない。相手が当の村瀬かどうかは確かめようがなかった。由奈が演技をしている疑いもあった。

三上は耳に神経を集めた。

「ええ、信じるわ。雅也さんは誰にも篠という男を殺させてないのね？」

「…………」

「よかった。それなら、何も逃げることはないと思うけどな」

「…………」

「お姉さんが篠から渡された大企業や個人資産家の弱みを使って恐喝をしてたのね？」

「…………」

「そうなの。そういうことなら、当分、身を隠してたほうがいいわね。いま、どこにいるの？」

「…………」

「ええ、いいわ。必要な物を揃えて、すぐに届けてあげる」

「…………」

「警察の人？　実は、刑事さんが来てるの。そう、三上という男性（ひと）よ。ううん。あなたと連絡がとれなくなったと答えただけで、余計なことは言ってないわ」

「…………」

「ええ、すぐに帰ってもらうわ。大丈夫よ、覚られないようにするから」

「…………」

「三十分ほど経ってから出発すればいいのね？　はい、わかりました。それじゃ、後で！」

由奈が電話を切った。

三上は抜き足でリビングソファに戻り、湯呑み茶碗を摑み上げた。ちょうどそのとき、寝室のドアが開けられた。

「実家の母からの電話でした。父が心筋梗塞で救急病院に運ばれたんで、すぐに入院先に来てくれないかって」

「それは心配だね。すぐに行ったほうがいいな。実家はどこにあるんだい？」

「千葉県の松戸市です」

「そう。急いで入院先に向かいなよ。協力、ありがとう」

「追い出すようで、悪いんですが……」

「気にしないでくれないか。お邪魔しました」

三上はソファから立ち上がり、玄関ホールに向かった。八〇一号室を出て、エレベーターで一階に下る。

三上はプリウスに乗り込むと、車を少し移動させた。すぐにライトを消し、エンジンも切る。

数分後、私物の携帯電話が身震いした。三上はモバイルフォンを掴み出し、ディスプレイに目をやった。電話をかけてきたのは高梨沙也加だった。

「報道部の記者たちにそれとなく探りを入れてるんだけど、新情報はまだキャッチできないの」

「無理をしなくてもいいよ。少しだけ捜査が進んだんだ」

三上は経緯を語った。

「篠誠は捜査本部事件ではシロだと断定してもいいんでしょうね。でも、その篠が何者かに殺害された。遺留品の革ベルトには須賀敬太の指紋と掌紋が付着してたけど、『女子高生お散歩クラブ』の元店長は濡衣を着せられたようだ。謙さん、そういうことよね？」

「そう」

「現場に遺留品があったのは確かにわざとらしいけど、須賀は鳥居坂の夜道で篠を撥ねる真似をしたんでしょ？」

「そうなんだ」

「本当に無灯火の車でブラックジャーナリストを轢く真似をしただけなのかしら？　ジグ

ザグに逃げた篠をさんざん怖がらせてから、最終的には轢き殺す気だったんじゃない？　そのへんはどう感じたの？」

「須賀が篠を殺害する気でいたんなら、S字走行なんかしなかっただろう。そんなことをしてたら、誰かに目撃されるかもしれないからな」

「ええ、そうね。篠を殺す気なら、猛スピードで撥ねて逃走するか。ええ、そうするでしょうね。村瀬は、須賀に篠にたっぷりと恐怖を与えてくれと頼んだだけなんだろうな」

「そうなんだろう」

「ただ、篠の事件現場には須賀のベルトが遺留されてたのよね？　須賀が凶器を遺したとは考えにくいから、誰かが元店長の仕業に見せかけようとしたことは間違いないんじゃない？」

「おれも、そう筋を読んだんだ。村瀬雅也が須賀を篠殺しの犯人に仕立てようと小細工を弄した疑いはあるんだが、果たしてそうだったのか」

「謙さんは、篠殺しの首謀者は村瀬雅也ではない気がしてるんでしょ？　遺留品が作為的だものね」

「そうなんだよ」

「だけど、須賀の指掌紋が付着した革ベルトを入手できる人間は村瀬雅也しかいないんでしょ？」

「だと思うよ。村瀬がこっそり手に入れたベルトを自宅マンションにしばらく置いといたとしたら、奥さんの真理も細工できなくはないんだが……」

「奥さんが須賀を殺人犯に見せかけなければならない理由なんてないわよね？」

「そうなんだ」

「消去法でいくと、須賀に濡衣を着せようとしたのは村瀬雅也ということになる。村瀬は姉弟の悪事のことをいろいろ須賀に知られてるんで、殺人犯に仕立てる気になったのかしら？」

「科学捜査で、須賀が篠を殺害してないことは早晩、明らかになるだろう。いずれバレるようなトリックを村瀬が使うとは思えないんだよ」

「そうなのよね。謙さん、村瀬茜は篠が密かに雇った殺し屋に殺られたんじゃない？」

「これまでの捜査では、篠が第三者に『フォーエバー』の女社長を始末させた気配はうかがえないんだよ」

「肝心の捜査本部事件の加害者がはっきりすれば、篠殺しも解明できるんでしょうけどね。島村由奈を尾行して、うまく村瀬の隠れ家を突きとめられるといいわね。謙さん、頑張って！」

沙也加が通話を切り上げた。

三上は私物の携帯電話を懐に戻し、紫煙をゆったりとくゆらせた。『代官山ロイヤルヴィラ』の地下駐車場から白いスポーツカーが走り出てきたのは、十数分後だった。黒い幌は下がっていたが、街灯でドライバーは確認できた。島村由奈だった。

三上はベンツＳＬ600が遠のいてから、プリウスを発進させた。

ドイツ製の高級スポーツカーは第三京浜をひた走りに走り、国道十六号線をたどりはじめた。尾行に気づかれた様子はうかがえない。

三上は細心の注意を払いながら、オープンカーを追尾しつづけた。ベンツは三浦半島を回り込み、観音崎の先の鴨居で右折した。

そのまま丘陵地の頂まで登り、別荘風の造りの戸建て住宅の前で停まった。由奈は慌ただしくベンツを降り、トランクからキャリーケースを取り出した。

三上はベンツの三十メートルほど後方にプリウスを停止させ、手早くライトを消した。エンジンも切る。

由奈がキャリーケースを引きながら、山荘風の建物の敷地に入った。三上は車を降り、勢いよく走りだした。

別荘風の建物に達したとき、家の中で男の悲鳴がした。由奈はポーチに立ち、玄関のドアに手を伸ばしたところだった。

三上はポーチに駆け上がった。

「あ、あなたは……」

由奈が驚きの声を洩らした。

「きみの車を尾けてきたんだ。村瀬はこの家の中にいるんだな？」

「ええ。知り合いのセカンドハウスらしいんですよ。彼の悲鳴がしたんで、何かあったようです」

「きみは、ここにいてくれ」

三上は言い置き、ノブに手を掛けた。施錠されていない。

「おい、何があったんだ？」

三上は土足のまま、玄関ホールに上がった。

そのとき、右手の部屋から黒ずくめのやや小柄な男が飛び出してきた。口髭をたくわえ、黒いキャップを目深に被っていた。両手に手袋を嵌めている。

よく見ると、不審者は右手に外科手術用のメスを握っていた。鮮血に染まっている。

「村瀬に何をしたんだ？　メスを捨てろ！　警察だ」

三上は腰からシグ・ザウエルＰ230を引き抜いた。

安全弁を外したとき、黒ずくめの男が身を翻した。部屋に逆戻りし、サンデッキに逃れた。

フロアには、村瀬雅也が仰向けに倒れている。首から血糊が溢れていた。頸動脈をメスで掻っ切られたにちがいない。村瀬はまったく身じろぎしなかった。すでに絶命しているのだろう。

三上はサンデッキに走り出た。

広い庭には傾斜がついている。村瀬をメスで殺したと思われる黒ずくめの男は傾斜地を駆け降り、右手の雑木林の中に走り入った。

三上は懸命に追った。

雑木林の中に分け入り、小型懐中電灯のスイッチを入れる。あちこち照らしてみたが、人影は目につかない。

三上はライトの光で足許を照らしながら、雑木林の端まで進んだ。だが、怪しい者はどこにもいなかった。

三上は歯嚙みして、獣のように吼えた。

う。

3

閲覧室は混雑していた。

横須賀市内にある登記所だ。閲覧希望者の大半は不動産会社の社員か、司法書士だろう。

三上は閲覧申込書に記入しはじめた。

村瀬雅也が殺害された翌日の午前十一時過ぎだ。前夜、三上は事件現場に戻ると、まず島村由奈を東京に戻させた。それから、別荘風の家屋の中をくまなく検べた。

すると、屋根裏部屋に札束が隠されていた。総額で一億四千二百万円だった。三上は現金の一部を勝手に押収したい衝動に駆られた。そうすれば、事件に関わりのある者たちの指紋が採取できるかもしれない。

だが、すぐに思い留まった。昔から警視庁と神奈川県警は張り合ってきた。支援捜査員の自分が三崎署管内の事件現場から無断で〝捜査資料〟として札束を持ち去ったことが発覚したら、確執の因になるだろう。

三上は屋根裏部屋から離れ、階下の居間にある固定電話で一一〇番通報した。もちろん、素手では電話に触れなかった。布手袋で玄関のドア・ノブを入念に拭い、家の外に出た。

門柱には、藤堂と記された表札が掲げてあった。その名を頭に叩き込み、三上は急いで現場から離れた。

三崎港近くのホテルに一泊し、早朝から部屋のテレビでニュースを観た。鴨居の藤堂の別宅で殺人事件があったことはどの局でも報じられていたが、詳しいことはわかっていないようだった。

三崎署を訪ねるわけにはいかない。そんなことで、三上はチェックアウトしてから、この登記所にやってきたのである。

閲覧申込書を職員に渡し、六、七分待った。

三上は名を呼ばれ、藤堂名義の土地・家屋の登記簿を閲覧した。所有者のフルネームは藤堂和馬で、現住所は大田区田園調布二丁目十×番地になっていた。

三上は必要なことをメモし、登記所を出た。駐車場に置いたプリウスに乗り込み、ノートパソコンを開く。

三上は、すぐに藤堂和馬で検索した。ウィキペディアに載っていた。藤堂は私立総合病院『救心医療センター』の理事長兼院長で、六十二歳だった。『救心医療センター』は世田谷区奥沢一丁目にある。

三上はノートパソコンを閉じ、セブンスターをくわえた。

仕事面で藤堂と村瀬雅也に接点があったとは思えない。それなのに、なぜ村瀬は藤堂のセカンドハウスと思われる山荘風の建物に身を潜めていたのか。

屋根裏部屋にあった大金は、藤堂の隠し金なのか。藤堂が別宅に村瀬を匿うとは思えないが、何か事情があったのかもしれない。

村瀬は姉が切り札にするつもりでいた恐喝材料を使って、『救心医療センター』の理事長兼院長を脅迫したのだろうか。

財を成した男たちは、たいがい女好きだ。藤堂に若い愛人がいたとしても、少しも不思議ではない。村瀬は藤堂の下半身スキャンダルの証拠をちらつかせて、一億四千二百万円を脅し取り、さらに別荘も乗っ取る気でいたのだろうか。

いくら富裕層のドクターといえ、女性問題で億以上の口止め料を払うものだろうか。考えにくい。恐喝材料は、医療ミスだったのかもしれない。

医療事故が公になったら、大きな公立病院でさえ患者数がぐっと減るだろう。私立総合病院なら下手すると、廃院に追い込まれてしまうかもしれない。

ブラックジャーナリストの篠誠は『救心医療センター』が医療ミスを隠蔽したことを嗅

ぎつけ、村瀬茜に強請(ゆす)らせる気でいたのではないか。しかし、茜は藤堂に揺さぶりをかける前に何者かに絞殺されてしまった。

村瀬雅也は、姉の遺品の中に医療ミスに関する証拠が混じっているのに気づいた。亡くなった姉は、篠から分け前の三千万円を貰っていない。回収することは難しそうだ。

村瀬はそう考え、藤堂から多額の口止め料を脅し取ったのではないか。いずれ藤堂のセカンドハウスもいただくつもりでいたので、汚れた大金を屋根裏部屋に隠してあったのかもしれない。

村瀬は、口髭を生やした黒ずくめの男に外科手術用のメスで頸動脈を切断されて死んだ。藤堂が『救心医療センター』の若い勤務医に村瀬を葬らせたのではないだろうか。

三上は煙草を灰皿の中に突っ込み、さらに推理しつづけた。

藤堂和馬は元刑事の探偵でも雇って、脅迫者の村瀬の背後関係を調べさせたのかもしれない。その結果、村瀬茜と篠誠が浮かび上がった。

医療ミスを知った三人の口を塞(ふさ)がなければ、際限なく強請られることになるだろう。藤堂は心理的に追い込まれ、茜、篠、村瀬雅也の三人を犯罪のプロに片づけさせたのだろうか。もっとも、茜はその前に何者かによって殺されていたが。

そう疑えるが、なぜか凶器は革紐、ベルト、メスと異(こと)なる。捜査当局に同一犯の仕業ではないと思わせたかったのだろうか。

三上はそこまで考え、引っかかるものを覚えた。村瀬のケースだけ凶器にメスが選ばれている。

加害者が医療関係の仕事に携わっている人間と見抜かれることは考えなかったのだろうか。開き直ったとは思えない。そのことが謎だった。

三上はイグニッションキーを回した。

エンジンが始動しはじめた。その直後、伏見刑事課長から電話がかかってきた。前夜、三上は村瀬雅也が殺されたことを電話で報告してあった。

「三崎署の刑事課長から少し情報を引き出せたよ。村瀬が潜伏してたのは、病院経営者のセカンドハウスだった」

「こっちも、それは調べ上げました。藤堂和馬の別荘でしたよ。表札に藤堂と出てたんで、横須賀の登記所で所有者を割り出したんです」

「さすが仕事が早いね。それじゃ、藤堂の自宅が田園調布にあることも……」

「ええ、わかってます。経営してる『救心医療センター』の所在地も調べました」

「そうか。初動の聞き込みで、去年の十二月中旬ごろから持ち主の藤堂は何度か被害者を別荘に招き入れてることが明らかになったそうだ。きみの報告だと、屋根裏部屋に一億四千二百万円が隠されてたということだったね？」

「ええ。おそらく隠されてた大金は、村瀬雅也が藤堂から脅し取った口止め料の類なんでしょう。村瀬は別荘の所有権も自分に移転する気だったようで、自由に使ってたみたいですね」

「藤堂は大金を吐き出された上、セカンドハウスも奪われることになってたようなのか。よっぽど女癖が悪いんだろうな」

「女性関係のスキャンダルでは、そこまでたかれないと思います。まだ確証は得てないんですが、藤堂は医療ミスを恐喝の種にされてたんでしょう」

　三上は言った。

「それ、考えられるね。下半身スキャンダルの口止め料にしては額がでかすぎるからな。三上君の推測は正しいと思うよ。医療事故が明るみに出たら、それこそ致命的だ。私立の総合病院なんかぶっ潰れてしまうだろう」

「でしょうね」

「医療事故の揉み消しができるなら、億単位の口止め料を払う気になるだろう。セカンドハウスだって、脅迫者にくれてやるだろうな」

「ええ、破滅は避けたいでしょうからね」

「まだ司法解剖の所見は出てないそうだが、凶器は外科手術用のメスだと断定された。藤堂院長が弟子筋に当たる若いドクターか誰かに脅迫者の村瀬を殺らせたんだろう。犯行現場で見かけた加害者は、口髭を生やしてたんだったね？」

「ええ」

「犯行後、髭を剃ったかもしれないが、そいつが誰かわかるはずだよ。三上君、すぐに奥沢の『救心医療センター』に行ってみてくれないか」

伏見が電話を切った。

三上は、折り畳んだ携帯電話を懐に戻した。シフトレバーに手を掛けたとき、今度は私物のモバイルフォンが震動した。電話の主は、検察事務官の岩佐だった。

「昨夜、村瀬雅也が殺られましたね」

「ああ。実はおれ、事件現場にいたんだよ。それでな、犯人を追ったんだ。しかし、逃げられてしまった」

三上はそう前置きして、経過をつぶさに喋った。

「メスで村瀬の頸動脈を掻っ切ったのは、外科医なんじゃないのかな。多分、『救心医療センター』の勤務医なんでしょう。理事長を兼ねた院長は村瀬にたかられつづけたら、破滅だと思い詰めて逆襲に出たんでしょうね。藤堂和馬は、どんな弱みを握られたんでしょう？　医薬品の横流しをしてたんでしょうか。あるいは、製薬会社からリベートを貰ってたんですかね？　女性問題の不祥事を知られてしまったのかな」

「おれは、『救心医療センター』で医療事故があったと睨んでるんだ。しかし、それを藤堂は隠したんじゃないだろうか」

「医療事故ですか。先輩、考えられますね。東北の大学病院が腹腔鏡手術で肝臓切除に失敗して、十人もの患者を死亡させました」

「そうだったな。横浜の公立医大は、心臓と肺の手術予定の患者を取り違えるミスをしてしまった。それから二〇一〇年三月には、厚労省が当時認めていたカフェイン併用化学療法を受けてた骨肉腫の少女を急性心不全で死なせた」

「その医療事故のことははっきり憶えてます。先進医療として話題になったカフェイン併用化学療法の治療法に問題があったとして、遺族が治療に関わった医師ら三人を業務上過失致死容疑で石川県警に告訴しました」

「そうだな。医療ミスの多くは、内部告発で露見してるようだ。ブラックジャーナリストの篠は何らかの方法で、『救心医療センター』の医療事故のことを知って証拠を押さえ、村瀬茜に揺さぶりをかけさせる気だったんだろう」

「でも、茜は先月の十四日に殺害されてしまった。弟が亡くなった姉の遺品の中に恐喝材料があることに気づいて、藤堂和馬から億単位の口止め料を脅し取った。そう筋を読めば、先輩、昨夜の事件の首謀者は藤堂だと……」

「そう考えてもよさそうだな」

「凶器は違いますが、藤堂は村瀬茜や篠誠の死に深く関わってると思います。実行犯はそれぞれ異なるのかもしれませんけどね」

「そんなふうに疑えるんだが、村瀬雅也だけメスで殺されてる。前の二件は凶器は違っても、同じ絞殺だった」

「ええ、そうですね。村瀬姉弟の弟だけメスで殺害されてます。先輩は、その点に引っかかってるんですね？」

「そうなんだ。三件の殺人事件に藤堂が絡んでる疑いは濃いんだが、外科手術用メスが凶器に使われたことに……」

「何か作為を感じてしまうんですね？」

岩佐が確かめた。

「そうなんだ。考えすぎかもしれないが、ことさら藤堂が怪しいと強調してるようにも受け取れる」

「言われてみれば、そうですね。真犯人が藤堂が一連の殺人事件の黒幕に見せようと細工したとも……」

「そうなんだよ」

「お言葉を返すようですが、藤堂は開き直ったのかもしれませんよ。自分が直に手を汚したわけじゃないんでしょうから、捕まっても殺人教唆罪で起訴されるだけだと考えて……」

「死刑にはならなくても、何もかも失うことになるんだぞ。私立総合病院のオーナー院長がそこまで開き直れるかね。ひょっとしたら、藤堂は濡衣を着せられたのかもしれないな」

「そうなんでしょうか。ぼくは、『救心医療センター』で致命的なミスがあったんだと思うな。そのことで強請られたんで、藤堂は反撃に出たんでしょう」

「そうなのか」

「『救心医療センター』に医療ミスがあったかどうかを確かめる必要はあるんじゃないですか。厚労省に医療事故について内部告発が寄せられてる。職員に知り合いがいますんで、その彼に探りを入れてみますよ」

「そうしてくれるか。岩佐、東京地検特捜部にも各種の告発が寄せられてるんだろ？」

「ええ。関係官庁やマスコミに内部告発をしても取り合ってもらえない場合は、東京地検特捜部に告発・告訴をする者もいるんですよ。数は、それほど多くないんですがね」

「岩佐、『救心医療センター』の医療スタッフの誰かが特捜部に医療ミスがあったと内部告発してないかチェックしてみてくれないか」

「わかりました」

「頼むな」

三上は通話を切り上げ、プリウスを走らせはじめた。主要道路はところどころ渋滞していた。

目的の私立総合病院を探し当てたのは、午後一時半ごろだった。六階建てで、ホテルのような外観だ。三上は専用覆面パトカーを『救心医療センター』の五、六十メートル先のガードレールに寄せた。すぐにプリウスを降り、私立総合病院を訪れて、総合受付カウンターに歩み寄る。

「どうされました?」

四十代半ば(なか)の女性看護師が穏(おだ)やかに声をかけてきた。

「体調を崩したわけじゃないんです。きょうは、お礼に伺ったんですよ」

「どういうことなんでしょう?」

「先日、急にめまいに襲われて病院の近くでうずくまっていたら、白衣姿の男性が急患として受け入れてあげると親切に抱え起こしてくれたんですよ。口髭をたくわえたドクターでした。三十歳前後だったと思います」

三上は、とっさに思いついた嘘を滑らかに話した。

「口髭を生やしたドクターはひとりもいませんよ」

「えっ、そうなんですか。衛生検査技師か、エックス線技師だったのかな」

「医療スタッフの男性は誰も髭は生やしていません」

「でも、その方はこの病院の中に入っていったんですよ。こちらのスタッフの方なんだと思いますがね。院長にお目にかかって、一言礼を言いたいな」

「院長は仙台に出張していて、留守なんですよ」

「泊まりがけの出張なんですか？」

「いいえ、夜には帰京されるはずです。秘書に取り次ぐことは可能ですけど……」

「出直すことにします」

「そうですか」

相手が視線を手許の書類に落とした。

三上は一礼し、カウンターに背を向けた。表に出て、プリウスの運転席に乗り込む。その直後、沙也加から電話がかかってきた。

「謙さん、村瀬雅也が殺されたわね。これで、村瀬茜、篠誠、村瀬雅也の三人が連続して殺害されたことになる。三つの事件はリンクしてるにちがいないわ」

「そうだと思うよ。実は、村瀬雅也の頸動脈をメスで切断して逃走した犯人(ホシ)を追ったんだ。雑木林に逃げ込まれたんで、見失ってしまったけどな」

三上は経緯(いきさつ)を話した。

「そうだったの。今朝(けさ)登記所に行って、事件現場の家の所有者が『救心医療センター』の藤堂院長だと調べ上げたのね。少しがっかりだわ。報道部が口髭を生やしてる黒ずくめの犯人の割り出しを急いでることを知ったんで、あなたに教えてあげようとしたの。でも、もう知ってたのね」

「沙也加の気持ちは嬉しいよ。でも、自分の仕事を後回しにしないでくれ」

「ルーチン・ワークはちゃんとこなしてるから、心配しないで。それより、村瀬雅也は藤堂の弱みにつけ入って、口止め料をたっぷりせしめてたんじゃない？　逃げた男は『救心医療センター』で働いてる医師なんだと思うわ。藤堂はスピード出世させてやるとかなんとか言って、若手ドクターに村瀬雅也を片づけさせたんじゃない？」

「おれもそう推測したんで、少し前に『救心医療センター』を訪ねたんだよ。だが、男性医療スタッフは誰ひとりとして口髭なんか生やしてないそうだ」

「そう言ったのは誰なの？」

「総合受付にいた中年の女性看護師だよ」

「その彼女、嘘をついてるんじゃない？　医療ミスか何かあって、それを全スタッフで隠し通そうとしてるんじゃないのかな」

「何かを糊塗しようとしてる気配はうかがえなかったんだ。それに、おれが怪しまれた様子もなかった」

「口髭をたくわえた勤務医がいないとしても、少し藤堂院長をマークしたほうがいいんじゃない？　村瀬を殺して逃走中の男は、付け髭を使ってたかもしれないでしょ？」

「付け髭か」

「子供っぽい偽装だけど、見た目の印象はだいぶ違って見えるんじゃないかしら？」

「だろうな」

「『救心医療センター』のホームページに医師たちの顔写真が掲げられてるかもしれないわよ。謙さん、チェックしてみたら？」

沙也加が、先に電話を切った。

三上は私物の携帯電話を懐に戻すと、ノートパソコンを開いた。ホームページには藤堂院長以下、各科の医師の顔写真が載っていた。

やはり、口髭をたくわえている勤務医はいなかった。三上は男性医師の顔をひとりずつ改めて見た。しかし、犯人とおぼしき男はいなかった。

藤堂が帰京するまで時間がある。三上は病院関係者や見舞い客の姿を見かけたら、さりげなく探りを入れてみることにした。

4

口止めされているのか。

病院スタッフは誰も口が重かった。不自然なほどだった。

三上は『救心医療センター』の近くに立って、表に出てきた医療関係者を次々に呼び止めた。ヘッドハンティング会社の社員を装って探りを入れてみたが、何も手がかりは得られなかった。午後六時半を回っていた。

体の芯まで冷えきっている。手もかじかんでいた。寒い。猛烈に寒かった。

三上はプリウスに駆け戻った。

手早くエンジンをかけ、空調の設定温度を上げる。病院スタッフには好条件をちらつかせたのだが、誰も興味を示さなかった。逃げるように立ち去った。

医療ミスはあったにちがいない。

三上は確信を深めた。一服してから、プリウスを走らせはじめた。

二十分そこそこで、藤堂の自宅に着いた。邸宅街でも一際目立つ豪邸だった。敷地は四百坪前後はありそうだ。庭木が多い。奥まった所に洋風の二階家が建っている。

三上は、車を藤堂邸の少し手前の路肩に寄せた。見通しは悪くない。運転席から門がよく見える。

三上はライトを消した。アイドリングさせたまま、私物のモバイルフォンを取り出す。藤堂宅の自宅の電話番号はすでに調べてある。

電話をかける。少し待つと、藤堂夫人が受話器を取った。

「東都新聞社会部の者です。藤堂先生は、もう仙台から戻られましたでしょうか？」

三上は、もっともらしく言った。

「いいえ、まだ帰っておりません」

「昨夜は大変でしたね。三浦半島の別荘に無断で入り込んでた男が何者かに殺されましたでしょう？」

「ええ、大変迷惑してます」

「とんだ災難でしたね。奥さんに確認させてほしいことがあるんですよ」

「なんでしょう？」

「警察の聞き込みによると、藤堂先生はセカンドハウスに何度か被害者を招き入れてたというんですよ」

「そのことは三崎署の方から聞きましたが、事実ではありません。別荘の近くに住んでらっしゃる方たちがそう証言したとおっしゃってましたが、夫は殺された村瀬雅也という男性とは一面識もないと申しておりました」

「先生はそう答えたそうですが、被害者の周辺の者の証言で二人に接点があったことは明らかなんですよ」

「えっ、そうなんですか⁉　夫は、なぜ言ってくれなかったのかしら？」

「何か都合の悪いことがあって、奥さんには言えなかったんではないでしょうか」

「不都合なことがあった？」

夫人が切り口上で問い返した。

「殺された村瀬という男は、藤堂先生を強請ってた疑いがあるんです。院長に何か弱みがあったのかもしれませんね」

「主人は五十代になってからは、女性問題でわたしを悩ませることもなくなりました。それまでは、だいぶ浮名を流しましたけどね」

「女性問題で村瀬に強請られてたんではないでしょう。被害者は、出所不明の大金をある場所に隠してあったんですよ。一億五千万円近い大金です」

「主人がそのお金を脅し取られたとおっしゃりたいの？」

「そうなのかもしれないんですよ。というのは、被害者は親しい者にある総合病院が医療事故を隠してる事実を突きとめたと洩(も)らしてたんです」

三上は、さすがに後ろめたかった。推測だけで鎌をかけることは、明らかに反則だ。違法捜査と咎(とが)められても仕方がない。ルール違反だったが、正攻法ではなかなか真相に迫れないだろう。

「そんな話は中傷ですっ。『救心医療センター』は常に患者さん第一の医療活動に励んできたんです。医療事故があったなんて、とても考えられません。死んだ男は、悪質なデマを流したのよ。ええ、そうにちがいないわ」

「そうなんですかね」

「夫が身に覚えのないことで脅迫されて、多額の口止め料なんか払うわけないわ。被害者が隠し持ってたという大金は、別の人から脅し取ったんでしょう」

「しかし、村瀬はお宅のセカンドハウスで殺害されたんですよ。しかも、凶器は外科手術用のメスでした」

「医療関係者じゃなくても、メスを手に入れる方法はあります。主人は誰かに陥れられそうになっただけだわ。ええ、そうですよ」

「そうなんでしょうか。参考までにうかがいたいんですが、過去一年間に辞めたドクターかナースはいませんか？」

「そんな質問に答える義務はありません。主人を犯罪者扱いするのは、やめてちょうだい！」

夫人が金切り声で言い、乱暴に電話を切った。三上は苦笑し、私物の携帯電話を所定のポケットに収めた。

それから間もなく、私物の携帯電話が震動した。三上はモバイルフォンを手に取った。発信者は岩佐だった。

「厚生労働省の職員に探りを入れてみたんですが、医療事故による内部告発は一件もないとのことでした」

「そうか」

「先輩、がっかりするのは早いですよ。特捜部の直告係に『救心医療センター』の関係者と思われれる人物から、匿名の告発がありました」

「本当かい？」

「ええ。告発者はドクターかナースかわかりませんが、パソコンで医療事故の内容を克明に綴(つづ)ってます」

「中傷の告発ではなさそうだったのかな？」

「はい、そう感じました。去年の四月、首の腫瘍(しゅよう)の摘出手術を受けた三歳の男児が麻酔薬プロポフォールの副作用で死亡したんですよ」

「その麻酔薬は、小児患者への使用は禁じられてるんじゃなかったかな」

「よくご存じですね。プロポフォールは命に関わる重い副作用があるんです。大量投与されてプロポフォール注入症候群を発症し、大学病院で十二人の子供が亡くなってます。そういうことで、使用は禁じられるようになったんですよ」

「そうか。三歳児の手術には外科医のほかにも当然、麻酔医も立ち会ったんだろ？」

「と思いますが、そのあたりのことは記述されてませんでした。ですんで、特捜部はまだ内偵捜査も開始してないんです。告発事案が多くて、なかなか手が回らないようですね」

「そうだろうな」

「プロポフォールの使用を外科医か、麻酔医が故意に決定したとは思えません。どちらかが麻酔薬のチェックを怠(おこた)ったことによる医療事故だったんでしょう」

「そうかもしれないな。うっかりしたミスで、三歳の坊やが死んだ事実は重い。手術チームのメンバーの誰かが内部告発したんだと考えられるな」

「多分、そうなんでしょう。告発者は、医療ミスで命を落とした坊やの氏名は付記してありました。月原駆です。ありふれた姓ではないんで、電話帳を見て月原宅に片っ端から電話をかけてみたんですよ」

「死んだ坊やの両親宅がわかったんだな？」

三上は訊いた。

「ええ。駆の父は月原勉、母の名は美咲です。住まいは大田区千鳥一丁目三十×番地ですね。月原夫妻に会えば、医療ミスをしたのが誰なのかわかるんじゃないんですか？」

「そうだな」

「ぼくは、麻酔医がナースに誤った指示をしてプロポフォールを用意させたのではないかと思ってるんですがね」

「そうだったとしても、看護師だけの責任じゃないな。麻酔医はもちろん、執刀医にも責任はあるよ」

「そうですね。新たな情報を得たら、先輩にすぐ教えます」

岩佐が電話を切った。

三上はいったん藤堂宅を離れ、月原宅を訪ねることにした。プリウスを発進させ、大田区千鳥に向かう。

環八(かんぱち)通りに出ると、蒲田(かまた)方面に走った。東急多摩川線の武蔵新田(むさししんでん)駅の手前で左折する。数百メートル進むと、月原宅があった。

ごくありふれた木造モルタル塗りの二階家だった。敷地は四十五、六坪か。ブロック塀が巡らされている。

三上はブロック塀の際(きわ)にプリウスを駐(と)め、月原宅のインターフォンを鳴らした。応対に現われたのは、月原美咲だった。三十歳前後だろう。

三上は警察手帳を見せ、来意を告げた。

すると、美咲が険(けわ)しい表情になった。

「息子の駆(かける)は、『救心医療センター』で殺されたんですよ。麻酔液の副作用で、集中治療室(ICU)で息を引き取ったんです」

「医療スタッフの中の誰かが東京地検特捜部に医療事故があったと匿名で内部告発してるんですが、病院側はその事実を認めたんでしょうか?」

「執刀医と麻酔医は適量の全身麻酔薬イソフルランを駆(かける)に吸引させて、腫瘍の摘出手術に成功したと言ってたんです。でも、息子は数時間後に急性心不全で亡くなりました。素人のわたしたちにも、麻酔液の副作用があったんではないかと直感しましたよ」

「しかし、病院側は落ち度はなかったの一点張りだったんですね？」

「そうです。わたしたちは納得できないんで、院長先生に説明を求めたんです。藤堂院長はイソフルランの空（から）アンプルをわたしたちに見せて、手術時に使用したと言いました。麻酔液の副作用で死んだなんてことは考えられないとも語ってましたね」

「そうですか」

「医学知識がないんで、わたしたち夫婦は何も反論できませんでした。釈然としないまま、子供の葬式を出しました。その翌日、駆（かける）の手術をサポートした看護師の八雲千秋（やぐもちあき）さんが訪ねてきて、医療ミスがあったことを教えてくれたんです」

「詳しいことを教えていただけませんか」

三上は頼んだ。

「わたし、うまく説明できるかな。間違ったことを喋ってはまずいんで、いま、夫を呼んできます。お風呂上がりで、パジャマ姿なんですよ。少しお待たせすることになりますけど、かまいませんか？」

「ええ、待ちます」

「すみませんね」

美咲が奥に引っ込んだ。

数分待つと、夫の月原勉が先に奥から現われた。綿ネルの長袖シャツの上にフリースを重ねている。三十三、四歳だろう。美咲が夫の横にたたずむ。

三上は月原に警察手帳を見せて、姓を名乗った。

「八雲という看護師は、医療ミスがあったとご夫婦に明言したんですね？」

「ええ。使用された麻酔薬はイソフルランではなく、プロポフォールだったと打ち明けてくれました。最初はイソフルランを使うことになってたらしいんですが、手術直前に麻酔医の藤堂尚吾(しょうご)が独断でプロポフォールに変更したそうなんですよ」

「麻酔医は院長と同姓ですが、血縁者なんですか？」

「院長の甥(おい)なんですよ。叔父が理事長と院長を兼ねてるんで、藤堂尚吾は病院内で大きな顔をしてるんです。年上のドクターと対等の口を利いて、入院患者に接する態度もでかいですね」

「そうですか。八雲さんは、小児患者にプロポフォールを投与するのは禁じられてるはずだと麻酔医に言ったらしいんです。でも、量を少なくするから別に問題はないと取り合ってくれなかったそうです。それどころか、藤堂尚吾は執刀医の若杉(わかすぎ)先生を無視して勝手に手術室から八雲さんを追い出したというんです。若杉先生は四十二ですから、麻酔医よりも八つも年上なんですがね。院長が叔父なんで、威張(いば)ってるんですよ。麻酔医の父親は官僚で、いまは天下った特殊法人の理事長をやってるようです。おそらく麻酔医の親父さんも尊大なんでしょう」

「八雲さんにお目にかかって、詳しいことを知りたいな。八雲さんの連絡先、ご存じですか？」

「八雲さんは死にました。享年二十八でした」

月原が暗い顔になった。

「いつ亡くなったんです？」

「去年の八月です。八雲さんは四月に『救心医療センター』を辞めて港区内の内科クリニックに移ったんですが、歩道橋の階段から転落死したんですよ。足を踏み外したんでしょうけど、わたしたち夫婦は……」

「誰かに突き落とされて死んだのではないかと疑ってるんですね？」

「ええ、まあ」

「そうですか」

三上は口を閉じた。医療事故のことを内部告発したのが八雲千秋だとしたら、『救心医療センター』の関係者が口を封じた疑いが出てくる。

医療ミスが公になったら、厚生労働省は高度な医療を提供できる〝特定機能病院〟の承認を取り消すだろう。

　病院のランクが格下げになったら、患者は減るはずだ。藤堂院長は医院を存続させるため、八雲千秋を階段から転落させたのか。あるいは、甥の麻酔医が正義感のあるナースの背中を強く押したのだろうか。

「証拠があるわけではありませんけど、八雲さんは医療ミスがあったことをわたしたちに打ち明けたんで、殺されたんだと思います」

　美咲が言った。

「そうだとしたら、あなた方も命を狙われたんではありませんかね。身に危険が迫ったことは？」

「ありません」

「ご主人はどうでしょう？」

　三上は問いかけた。

「わたしも同じですが、八雲さんは事故死ではなかったんでしょうね」

「八雲さんが転落したのは、どこなんですか？」

「渋谷の宮益坂上歩道橋です。所轄の渋谷署は事故死として処理したようですよ」

「担当が違いますが、すぐに調べてみます」

「ぜひお願いします。他殺だったら、八雲さんは浮かばれませんからね。刑事さん、息子の死が別の事件と結びついてる疑いがあるんでしょうか？」

「詳しいことは話せませんが、藤堂院長を強請ってたと思われる人間が三人も相次いで殺害されたんですよ。そのうちのひとりは、外科手術用のメスで頸動脈を切断されてました」

「それだったら、連続殺人事件に藤堂院長が絡んでるにちがいありません。院長は医療事故のことで、死んだ三人に脅迫されてたんでしょ？」

「そういう疑惑はあるんですが、医療関係者がメスを凶器に使いますかね？　わざわざ足がつくようなことはしない気がするんですよ」

「言われてみれば、その通りですね。連続殺人犯は別のことで藤堂和馬に恨みがあって、院長に濡衣を着せたかったんだろうか」

「そうとも考えられますね。それはそうと、麻酔医の藤堂は自宅まではわからないでしょうね？」

「いえ、わかりますよ。『救心医療センター』の斜め裏にある『奥沢アビタシオン』の五〇五号室が自宅です。執刀医の若杉先生の自宅は世田谷区上馬（かみうま）一丁目にあります。番地までは思い出せませんけど。戸建て住宅です。わたしたち二人は、若杉先生の自宅に行って医療ミスがあったかどうかを詰問したことがあるんですよ。先生は病院側に落ち度はなかったと言ってました。八雲さんは何か勘違いをしてるんではないかとおっしゃってたな」

「そうですか。予告なしにお邪魔して迷惑だったでしょうが、どうかご勘弁を……」

三上は夫婦に言って、暇を告げた。

表に出ると、レスラーのような大男がプリウスの横に立っていた。三十二、三歳だろうか。髪型はクルーカットだった。肩が分厚い。

「何か用かな?」

三上は巨漢に歩み寄った。

「おたく、何者なんだ?『救心医療センター』は医療ミスなんかしてねえぞ。月原駆とかいうガキは麻酔薬の副作用で死んだわけじゃない」

「藤堂院長の回し者らしいな」

「フリーライターか何かなんだろうが、あまり嗅ぎ回らないほうがいいぜ。長生きしたかったら、『救心医療センター』に近づかねえことだな」

「おれは誰かに命令されると、逆らいたくなる性質なんだよ」

「なめやがって」

大男が前蹴りを放った。

三上は軽やかにステップバックして、挑発的な笑みを浮かべた。

相手が羆（ひぐま）のように両腕を掲（かか）げ、組みついてくる体勢になった。三上はステップインして、大男の胃（ストマック）に拳（こぶし）を叩き込んだ。相手が呻き、腰の位置を落とす。

すかさず三上は、右のフックを見舞った。パンチは相手の頬骨のあたりに炸裂（さくれつ）した。大男が突風に煽（あお）られたように体を泳がせ、路上に倒れ込んだ。ほとんど同時に、呻いた。

三上は相手に近寄り、脇腹に鋭い蹴りを入れた。大男が野太（のぶと）く唸（うな）り、手脚（てあし）を縮めた。

「藤堂院長に、こっちの正体を探ってくれって頼まれたんだろ？」

「何も喋らねえぞ、おれは」

「なら、公務執行妨害で現行犯逮捕することになるな」

「お、おたく、刑事だったのか⁉」

「そうだ」

三上は警察手帳を短く見せた。大男が肘（ひじ）を使って上体を起こす。

「藤堂先生はブラックジャーナリストにあやつけられるかもしれないと感じ、新聞記者に化けて自宅に電話してきた男の正体を突きとめてくれと言ったんだよ。おそらく去年の春に急性心不全で死んだガキの家に行くだろうからって、月原宅の住所を教えてくれたんだ」

「そっちは、院長のボディーガードなのか？」

「いや、おれは便利屋だよ。総合格闘技をやってたんだが、喰えなくなって三年前から個人で便利屋をやってんだ」

「名前を聞いておこうか」

「有沢(ありさわ)、有沢隆幸(たかゆき)だよ。おたくのパンチ、重かったぜ。ボクサー崩れなんじゃねえの？」

「学生時代にちょっとボクシングをやってただけだよ。そんなことより、月原駆(かける)という坊やは医療事故で死んだんだろ？」

「えっ、そうなのか!?　藤堂先生は医療ミスなんかなかったと言ってたけどな」

「そっちは知らないようだな。大目に見てやるから、早く消えろ。ただし、おれが刑事であることを藤堂院長に喋ったら、手錠(ワッパ)打つことになるぞ」

「先生には、おたくの正体を摑めなかったと言っとくよ」

「そうしろ」

三上は言った。

有沢が立ち上がり、速足(はやあし)で歩み去った。

三上はプリウスに乗り込むと、伏見刑事課長に電話をかけた。捜査の経過を報告し、八雲千秋の転落事故調書に目を通してほしいと頼む。

「医療事故を内部告発したのが八雲千秋なら、藤堂院長が誰かに告発者を殺(や)らせた疑いがあるな」

伏見が言った。

「他殺だった疑いは濃いと思います。院長は医療事故の件で、村瀬雅也に多額の口止め料を脅し取られたんでしょう。最初に医療ミスのことを知ったのは、篠だと思われます。村瀬茜は恐喝代理人として藤堂に会う予定だったんでしょうが、そうする前に殺害されてしまった」

「弟の雅也が姉の遺品の中に恐喝材料が混じってたことに気づいて、藤堂院長を強請(ゆす)ったんだろうね。そうなら、一連の連続殺人事件の首謀者は藤堂和馬で決まりだな」

「そう考えられるんですが、何か釈然としない部分があるんですよ。村瀬は、外科手術用のメスで頸動脈を掻っ切られました。そのことが作為的に思えて……」

「まあ、そうだがね」

「これから駆(かける)の手術を担当した外科医と麻酔医に会って、医療事故の有無(うむ)をはっきりさせます。それが先決ですんでね」

三上は電話を切って、ギアをＤ(ドライブ)レンジに入れた。

5

玄関ホール脇の応接間に通された。

外科医の若杉悠の自宅だ。三上はコーヒーテーブルを挟んで向き合った若杉を見据えた。来訪したときから、若杉はまともに目を合わせようとしない。疚しさがあるからだろう。

「若杉さん、正直に答えてほしいんですよ。月原駆の手術時に医療ミスがあったんではありませんか？」

「ミスなどありませんよ」

「医者としての良心があるなら、本当のことを喋ってほしいな。手術時にはイソフルランを使用することになってた。しかし、院長の甥の藤堂尚吾が独断でプロポフォールに変更した。あなたよりも八つ若い麻酔医は院長が叔父であるんで、わがままに振る舞ってた。あなただけではなく、医療スタッフの多くが藤堂尚吾の振る舞いには苦りきってたんでしょう」

「彼は身勝手なとこがあるけど、執刀医はわたしだったんです。麻酔医の藤堂君がわたしに相談することなく独断で麻酔薬を変更できるわけありませんよ」

「手術のサポートをしてた女性看護師がプロポフォールの副作用で三歳の坊やが急性心不全で亡くなったと東京地検特捜部に内部告発してるんですよ。つまり、医療事故があったと告発したわけです」

「八雲さんなんですね、内部告発したのは。麻酔をかける段階まで立ち会ったナースは彼女ひとりだけでしたんで」

「匿名による内部告発でしたが、そう考えてもいいでしょう。八雲千秋さんは『救心医療センター』を依願退職して、別のクリニックに移りました。医療事故を隠蔽したことが赦せなかったから、職場を変えたんでしょうね」

「そうなんでしょうか。わたしには、よくわかりません」

「八雲さんが渋谷の歩道橋の階段から転げ落ちて亡くなったことはご存じですよね？」

「ええ。何かで急いでたんでしょう。優秀なナースだったんですが、惜しいですね」

「若杉さんは、事故死と思われてるようだな」

「えっ、違うんですか⁉」

「おそらく八雲さんは、誰かに階段から突き落とされたんでしょう。医療事故のことを言い触らされたら、『救心医療センター』は廃業に追い込まれるだろうな」

「まさか麻酔医の藤堂君が八雲さんの背中を強く……」

「そう思われたのは、藤堂尚吾が独断で麻酔薬をプロポフォールに変更したことを知ってたからだろうな」

三上は小さく笑った。訪問したときから、懐に忍ばせたICレコーダーは作動していた。

若杉が頭髪を掻き毟った。

「藤堂尚吾が独断で危険な麻酔薬に変更したことをあなたは黙認してしまったわけだ」

「院長は子宝に恵まれなかったんで、甥を次期の院長に据える気なんですよ。院長や甥っ子に疎まれたら……」

「出世できない？」

「ええ、まあ」

「それでも、あなたは医者なのかっ。麻酔薬を変えなかったら、三歳の坊やは死んでなかったでしょう。執刀医のあなたが主導権を握ってるはずなのに、打算から麻酔医の暴走を阻止できなかった。あなたと藤堂尚吾が、わずか三つの坊やを殺したようなものだ」

「それは言い過ぎじゃないのかな」

「いや、そうでしょ！　医療事故を隠した院長の責任も重い。あなたたち二人と同罪だな」

「…………」

「院長か甥が八雲千秋の死に関与してたら、あなたも事故死に見せかけて殺されるかもしれないな」

「そ、そんなことは……」

「考えられなくはないでしょ？　医療事故が表沙汰になったら、『救心医療センター』は経営が危うくなるにちがいない。あなたも殺られそうだな。出世よりも命のほうが大事でしょうが！」

「わたしが意気地なしだったんです。プロポフォールの使用を禁じてれば、駆ちゃんは死なずに済んだと思います。いまさら悔やんでも仕方ありませんけど、人の命を預かってるドクターとしては……」

「失格ですね」

　三上は言葉を飾らなかった。若杉がうつむき、声を殺して泣きはじめた。三上は冷めかけた日本茶を無言で飲んだ。

　少し経ってから、若杉が顔を上げた。

「わたし、『救心医療センター』を辞めます」

「別の医院に移っても、あなたの罪は消えません。月原駆の両親にきちんと謝罪して、行政処分を受けるべきだな」

「医業停止処分は免れないでしょうが、麻酔医を窘めなかった責任は負います」

「そうすべきですね。それはそうと、藤堂院長は医療ミスのことで誰かに強請られてたはずなんだが……」

「わたし、そのあたりのことは知りません。麻酔医の藤堂君なら、何か知ってそうだな」

「そうでしょうね。ご協力に感謝します」

三上はソファから立ち上がり、応接間を出た。若杉は見送りに立たなかった。今後のことを考え、来訪者を見送るだけの余裕がなかったのだろう。

三上はポーチに出てから、ICレコーダーの停止ボタンを押した。若杉宅を出て、プリウスの運転席に乗り込む。

三上は車を奥沢に走らせた。

藤堂尚吾の自宅マンションを探し当てたのは、二十数分後だった。『奥沢アビタシオン』は『救心医療センター』から数百メートルしか離れていなかった。

三上はプリウスを暗がりに停めた。

エンジンを切ったとき、伏見刑事課長から電話がかかってきた。

「例の件の関係調書を地域課から取り寄せて、二度ほど目を通したよ。階段の途中に八雲千秋の片方のパンプスとバッグが転がってたんで、足を踏み外したんだろうと地域課は判断したと記述されてた。警察医が転落によって首の骨を折ったという結論を出したんで、行政解剖はされなかったんだ。変死じゃないんでね」

「転落した瞬間を目撃した者はいなかったんですか？」

「いなかったらしい。午後十時過ぎだったんで、歩道橋の周辺に人はいなかったんだろうな」

「気になる外傷もなかったんだろうか」

「転落時に負った擦り傷や打撲傷以外、不審な傷痕はなかったようだね。ただ、地域課員が現場に急行したとき、八雲千秋の上着の右肩が少し濡れてたみたいなんだ。そう記述されてたんだが、当夜は晴れてた。どういうことなんだろうね？」

「伏見さん、八雲千秋は階段を下りはじめて間もなく、背後から氷の塊をぶつけられたのかもしれませんよ」

三上は言った。

「それで驚いて、ステップを踏み外して階段の下まで転げ落ちてしまったんだろうか。だから、上着の一部が湿ってたのかな」

「雨天ではなかったんです。着衣の一部が濡れるわけはないでしょう?」

「そうだね。他殺とも考えられるな」

「八雲千秋が転落した前後、不審車輌は目撃されてないんですか?」

「怪しい車は目撃されてないんだが、転落事故が起こる前に四十年配の男が歩道橋を上がったり下りたりしてたらしいんだよな。ハンチングを被ってたんで、顔はよく見えなかったそうだが……」

「目撃証言者は誰なんです?」

「歩道橋近くのオフィスビルで働いてるサラリーマンだが、その人物も八雲が転落する瞬間は見てないんだ」

「ハンチングを被ってた奴が歩道橋の反対側の階段に身を伏せてて、八雲千秋の肩にキューブアイスを投げつけたのかもしれないな」

「そうなんだろうか。そういえば、地域課長が妙なことを言ってたな。転落騒ぎがあって三週間が過ぎたころ、八雲千秋は殺されたのかもしれないから調べ直してほしいと電話で言ってきたらしいんだ。故人のことをよく知ってるような口ぶりだったというから、親しい友人か身内なのかもしれないな。二、三十代の女性の声みたいで、公衆電話だったらしいよ」

「公衆電話からの発信だったんですか」

「そう。八雲千秋の友人か身内なら、きちんと名乗っただろう。いたずら電話だったんじゃないのかね」

「電話をしてきた者は何か理由があって、身分を明らかにできなかったのかもしれません。たとえば、警察に捜査をし直してくれと頼んだことを知られたら、自分も命を狙われそうだったとか」

「そういうこともあるかもしれないな。八雲千秋は医療ミスがあったと内部告発してるわけだから、他殺だとしたら、『救心医療センター』の理事長兼院長の藤堂和馬が加害者なんだろう」

「甥の藤堂尚吾が医療ミスをした張本人ですから、麻酔医も怪しいことは怪しいな」

「そうだね。執刀医の若杉には接触できたのか？」

刑事課長が問いかけてきた。三上は、若杉の供述したことをそのまま伝えた。

「若杉が白状したんなら、麻酔医の藤堂尚吾も医療事故を起こしたことを認めるだろう。そして、一連の事件の絵図を画いた黒幕の名を吐くと思うよ。三上君、院長の甥っ子を揺さぶってみてくれ」

「そうするつもりでした」

「藤堂尚吾がなかなか口を割らないようだったら、きみの必殺パンチを喰らわせてやれよ。半分、冗談だぞ。問題にならないよう上手に追い込んでくれ」

　伏見が電話を打ち切った。

　三上は官給携帯電話を所定のポケットに突っ込み、車を降りた。『奥沢アビタシオン』に足を向け、集合インターフォンの数字キーを押す。五〇五号室だ。

　なんの応答もない。どうやら麻酔医は留守のようだ。三上はプリウスの中に戻り、藤堂尚吾の帰りを待つことにした。

　麻酔医がタクシーで帰宅したのは、午後十一時半過ぎだった。ホームページに載っていた写真より幾分、若く見える。

　三上は静かに車を降り、アプローチを進んでいた麻酔医を呼び止めた。立ち止まった藤堂の息は酒臭かった。

「どなたかな？」

「渋谷署の者です」

　三上は藤堂の片腕をむんずと摑み、懐からＩＣレコーダーを取り出した。

「な、何なんだよっ」

「外科医の若杉悠は医療ミスで月原駆という三歳の坊やを死なせたことを認めた」

「なんの話をしてるんだ⁉　さっぱりわからないよっ。手を放してくれ」

藤堂が身を捩った。

三上は力を緩めなかった。

藤堂が目を剝いた。何か言いかけたが、口を噤んだ。

やがて、音声が熄んだ。三上は停止ボタンを押した。

「そのメモリーを譲ってくれないか。そちらの言い値で買わせてもらう」

「見くびるな。おれは現職の警察官だぞ」

「わかってる、わかってるよ。叔父と相談して、五千万用意する。それで、医療ミスはなかったことにしてくれないか。お願いだよ」

藤堂が片手で拝む恰好をした。三上はICレコーダーを懐に戻してから、膝頭で麻酔医の股間を蹴り上げた。

藤堂が唸りながら、その場にしゃがみ込む。

「刑事を買収できると思ってるのかっ。ふざけんな！　半殺しにしちまうぞ」

「小児患者にプロポフォールを使ったことが表沙汰になったら、『救心医療センター』は終わりだ。院長の叔父とぼくの人生は暗転してしまう」

「自業自得だな。藤堂和馬は医療事故を恐喝の種にされたんで、ブラックジャーナリストの篠、村瀬姉弟の三人を犯罪のプロに始末させたんじゃないのか？　その前に、医療ミスのことを内部告発したナースの八雲千秋も事故に見せかけて片づけさせたんだろうな」

「叔父が医療ミスのことで誰かに強請られてる様子だったのは感じ取ってたが、それ以外は何も知らないんだよ。本当なんだ。叔父がぼくの知らないとこで何をしてたのか、まるでわからないいんだよ」

「そっちは、院長に医療事故のことを何もかも報告したのか？」

「隠し切れないと思ったんで、すべて話したよ。ナースの八雲のこともね。叔父は憮然とした表情になったが、うまく切り抜けるから心配するなと言ってくれたんだ」

「そうか。院長もそっちも医療に携わる資格はないな。本気で転職を考えろ！」

三上は言い捨て、踵を返した。


五日後の夜明け前である。

三上は、フロントガラス越しに藤堂邸に目を向けていた。まだ薄暗い。

麻酔医の藤堂尚吾を追及したのは、四日前の深夜だった。三上が去って十数分後、藤堂は自宅マンションの非常階段の八階の踊り場から飛び降りて自ら命を絶った。

遺書はなかった。麻酔医は医療事故を暴かれ、自分の前途は閉ざされたと絶望感を深めたのだろう。

その翌日の夕方、外科医の若杉が失踪した。家族には何も言わずに消えてしまった。若杉は死に場所を見つけるため、姿をくらましたのか。それとも、破滅の予感を覚えた藤堂和馬が第三者に若杉を葬らせたのだろうか。後者かもしれない。

麻酔医の密葬は、きのう営まれた。三上は、故人の叔父はむろん参列すると踏んでいた。出棺後、藤堂和馬に迫る予定だった。

しかし、『救心医療センター』の理事長兼院長は愛情を注いでいた甥の弔問に訪れなかった。それほどショックが強く、悲しみにくれていたのだろう。

三上は二日前に近所の聞き込みで、藤堂がいつも夜明け前後に愛犬のグレートデンを散歩させているという情報を得ていた。だが、甥が自死してから犬を散歩させる日課は中断されていた。

大型犬は運動不足になると、無駄吠えをする傾向がある。きょうあたりから、愛犬を散歩させるのではないか。

三上はそう予想し、午前四時過ぎから藤堂宅の斜め前で張り込んでいた。今朝も冷え込みが厳しい。

自宅から愛犬とともに藤堂が現われたのは、五時数分前だった。

濃紺のダウンコートを着込んだ藤倉はグレートデンに引っ張られる形で、邸宅街をゆっくりと歩きだした。田園調布駅とは逆方向だった。

三上は藤堂の後ろ姿が小さくなってから、プリウスを低速で走らせはじめた。高級住宅街はひっそりと静まり返っている。人っ子ひとり通らない。

三上はちょくちょく車を路肩に寄せながら、用心深く藤堂と大型犬の後（あと）を追った。

散歩コースは決まっているようだった。グレートデンは一度も立ち止まらなかった。太い引き綱（リード）は、ほとんど弛（たる）まなかった。

やがて、藤堂は邸宅街の中にある樹木の多い公園に吸い込まれた。

三上は公園の際（きわ）にプリウスを停めた。

一分ほど過ぎてから、そっと車を降りる。三上は園内に足を踏み入れ、緩（ゆる）やかな傾斜のついている遊歩道を下（くだ）った。園の中央部は盆地状になっていた。

藤堂はベンチに腰かけ、銀髪を両手で撫（な）で上げている。

その目は、近くの灌木（かんぼく）に注がれたままだ。甥の医療事故によって、人生を狂わされたことを呪（のろ）っているのか。思い詰めた表情だった。虚（うつ）ろにも映った。

グレートデンはベンチのそばの巨木に繋（つな）がれ、飼い主を見つめている。不安げだ。何か悪い予感を覚えているのだろうか。

三上は大股で進み、ベンチの前で立ち止まった。

「きみは？」

藤堂が訊いた。三上は黙って警察手帳を呈示した。

「わたしは警察の世話になるようなことはしてないぞ」

「そうでしょうか。藤堂さん、あなたは甥の藤堂尚吾の医療ミスを隠そうとして、悪事を重ねてしまった。違いますか？」

「おい、無礼じゃないかっ」

「もう観念したら、どうなんですっ。あなたの甥はプロポフォールを独断で使用し、三歳の坊やを死なせてしまった。月原駆君が副作用で急性心不全に陥ったことを手術に立ち会ったナースが内部告発したんですよ。執刀医だった若杉さんとあなたの甥は医療事故のことを認めたんです」

「やっぱり、そうだったのか」

「藤堂尚吾は前途を悲観して人生に終止符（ピリオド）を打ったんでしょう。若杉外科医は四日前から行方不明ですが、もしかしたら、あなたが誰かに若杉さんを……」

「わたしは若杉君の失踪には絡んでない。彼は行政処分を受ける前にこの世から消えたくなったんだろう」

藤堂が呟くように言った。

「そのことはいいでしょう。あなたは、ブラックジャーナリストの篠誠に医療ミスのことを知られ、強請られてましたね。そうなんでしょ？」

「篠は電話で脅迫してきたんだが、わたしは相手にしなかったよ」

「篠は恐喝の相棒の村瀬茜に揺さぶりをかけさせたんじゃないですか？」

「いや、そういうことはなかったよ。しばらく経ってから、また篠が電話をかけてきて、医療事故のことを内部告発した八雲千秋を亡き者にしてやるから、口止め料と殺しの成功報酬として併せて二億円寄越せと……」

「あんたは、篠に内部告発者を殺らせたのかっ」

「そうでもしなければ、わたしと甥の尚吾は終わりだからな。篠は、宮益坂上歩道橋の階段を下りはじめた八雲千秋の肩に氷の塊を力一杯にぶつけたらしい。それで、ナースの八雲はステップを踏み外して階段の下まで落ちたというんだ」

「村瀬雅也には医療ミスと殺人依頼の件を恐喝材料にされたんで一億五千万前後の口止め料を払って、鴨居のセカンドハウスを自由に使わせてたわけか」

「村瀬には、篠と同じ額の金を払ったよ」

「恐喝は一度では済まないと考え、あんたは犯罪のプロに篠、村瀬姉弟の三人を始末させたんだなっ」

「そうじゃない。違うよ。わたしは篠に八雲千秋の口を塞いでくれと頼んだだけで、三人を誰にも殺させてない。本当だよ」

「見苦しいぞ。それじゃ、篠と村瀬姉弟の三人は誰が殺害したんだ？」

「わからない。もしかしたら、八雲千秋の姉が……」

「どういうことなんだ？」

「八雲千秋は生後間もなく母方の伯母の養女になったんだ。伯母夫婦には子供がいなかったんでね。実の父が千秋の生まれる直前に事故死してしまったんで、実母は二つ違いの姉さんだけしか育てる自信がなかったんだと思う。それで泣く泣く次女を養子に出すことにしたんだろう。姉妹は別々に暮らしてたんだが、しょっちゅう行き来して仲がよかったみたいだね」

「とっさに思いついた作り話なんだろうが、そこそこのリアリティーはあるな」

三上は口を歪めた。

「嘘じゃない。探偵社の調査員が八雲千秋の事故死を怪しんだ姉が真相を探ろうとしてると報告してきたんだよ」

「もしかしたら、千秋の姉は村瀬真理じゃないのか？」

「そうだよ」
　藤堂がうなずき、ベンチから転げ落ちた。首にはアーチェリーの矢が突き刺さってい
た。鏃は喉から七、八センチ突き出ている。
　藤堂は地に伏せたまま、まったく動かない。即死だったのだろう。グレートデンが吠え
はじめた。
　三上は腰からシグ・ザウエルP230を引き抜いた。
　そのとき、樹木の奥から黒いキャップを被った口髭の男が現われた。アーチェリーの弓
を左手で握っている。どこか中性的だ。
「きみは村瀬真理さんじゃないのか？」
「そうです。わたし、篠誠に階段から転落させられた妹の千秋の仇を討ってやりたかった
んですよ。捜査を混乱させて、すみませんでした」
　真理がキャップを取り、付け髭を剝がした。
「なぜ、旦那や義理の姉さんまで殺してしまったんだ？」
「妹から内部告発のことを打ち明けられたんで、わたし、夫に相談したんですよ。東京地
検の特捜部がなかなか内偵捜査をしないと千秋が焦れてましたんでね」
「それで？」

三上は拳銃をベルトの下に差し込んだ。

「夫は義姉に相談して、妹の力になってくれると約束してくれました。でも、姉弟(きょうだい)は篠と共謀して藤堂和馬から多額の口止め料をせしめる計画を立てたんです。篠は妹を事故死に見せかけて、二億円を手に入れたようです。夫も医療ミスと殺人教唆を恐喝材料にし、藤堂から二億脅し取ったんです。背信ですよ」

「学生時代、アーチェリー部に所属してたようだな」

「その通りです。だから、握力は強いんですよ。義姉や篠の首を絞めるのは割に簡単でした。整髪料を使って夫が須賀敬太の革ベルトで篠を殺害したように細工したのは、妹の恨みを完璧(かんぺき)に晴らしたかったからです」

「そのための時間稼ぎだったのか」

「ええ、そうです。須賀のベルトを悪用したのは、あの男が夫がいないときにマンションに来て、わたしを穢(けが)したからです。そのとき、夫のベルトと須賀の物を交換したんですよ」

「犯行にメスを使ったのは、旦那が医療関係者に殺害されたと見せかけたかったんだな？」

「その通りです。妹を篠に殺させた藤堂和馬の命を奪うまでは、何がなんでも捕まりたくなかったんですよ。メスは知り合いの外科医に廃棄予定の物を分けてもらったんです。なんとか目的を果たせましたんで、妹の千秋も成仏できるでしょう」

真理が微笑した。

「妹さんは、姉が報復殺人をすることなんか望んでなかったんじゃないか」

「そうかもしれませんね。でも、わたしは妹の正義感を踏みにじった四人がどうしても赦(ゆる)せなかったんですよ。死刑になることを覚悟して、殺人を重ねたんです。悔いはありません」

「死刑は免れないだろうな」

「お騒がせしました。手錠を掛けてください」

「妹さんの墓参りをして、母親に別れの挨拶をしてから所轄署に出頭しろよ」

「それでいいんですか？」

「おれの気が変わらないうちに早く消えてくれ」

三上は言った。真理が深々と頭(こうべ)を垂れ、樹々の向こうに消えた。アーチェリーの弓を握ったままだった。

グレートデンは飼い主の亡骸(なきがら)を見ながら、悲しげに鳴いている。

「おまえはひと足先に家に帰れよ」

三上は大木に歩み寄って、引き綱(リード)を手早くほどいた。グレートデンが飼い主に駆け寄って、死者の頬を舐めはじめた。当分、藤堂から離れそうもなかった。

夜が明けたら、誰かが死体を発見するだろう。村瀬真理は数時間以内には出頭するにちがいない。それまで署長にも刑事課長にも連絡するつもりはなかった。

手柄を所轄署に譲るわけだが、そんなことはどうでもいい。真相に迫ったのは自分だ。それだけで充分だった。誇りは保(たも)てる。

三上は出入口に足を向けた。

いつの間にか、東の空は明るんでいた。朝焼けは悲しいまでに美しかった。

著者注・この作品はフィクションであり、登場する人物および団体名は、実在するものといっさい関係ありません。

一〇〇字書評

怨　恨

切・り・取・り・線

購買動機（新聞、雑誌名を記入するか、あるいは○をつけてください）	
□（　　　　　　　　　）の広告を見て	
□（　　　　　　　　　）の書評を見て	
□ 知人のすすめで	□ タイトルに惹かれて
□ カバーが良かったから	□ 内容が面白そうだから
□ 好きな作家だから	□ 好きな分野の本だから

・最近、最も感銘を受けた作品名をお書き下さい

・あなたのお好きな作家名をお書き下さい

・その他、ご要望がありましたらお書き下さい

住所	〒				
氏名		職業		年齢	
Eメール	※携帯には配信できません	新刊情報等のメール配信を 希望する・しない			

この本の感想を、編集部までお寄せいただけたらありがたく存じます。今後の企画の参考にさせていただきます。Eメールでも結構です。

いただいた「一〇〇字書評」は、新聞・雑誌等に紹介させていただくことがあります。その場合はお礼として特製図書カードを差し上げます。

前ページの原稿用紙に書評をお書きの上、切り取り、左記までお送り下さい。宛先の住所は不要です。

なお、ご記入いただいたお名前、ご住所等は、書評紹介の事前了解、謝礼のお届けのためだけに利用し、そのほかの目的のために利用することはありません。

〒一〇一－八七〇一
祥伝社文庫編集長　坂口芳和
電話　〇三（三二六五）二〇八〇

祥伝社ホームページの「ブックレビュー」からも、書き込めます。

http://www.shodensha.co.jp/bookreview/

祥伝社文庫

怨恨(えんこん) 遊軍刑事(ゆうぐんデカ)・三上謙(みかみけん)

平成27年2月20日　初版第1刷発行

著　者　南(みなみ)　英男(ひでお)

発行者　竹内和芳

発行所　祥伝社(しょうでんしゃ)

東京都千代田区神田神保町3-3
〒101-8701
電話　03（3265）2081（販売部）
電話　03（3265）2080（編集部）
電話　03（3265）3622（業務部）
http://www.shodensha.co.jp/

印刷所　堀内印刷
製本所　積信堂
カバーフォーマットデザイン　芥　陽子

Printed in Japan ©2015, Hideo Minami ISBN978-4-396-34092-6 C0193

祥伝社文庫の好評既刊

南 英男　非常線　新宿署アウトロー派

自衛隊、広域暴力団の武器庫から大量の武器が盗まれた。生方猛警部の捜査に浮かぶ〝姿なきテロ組織〟!!

南 英男　真犯人　新宿署アウトロー派

風俗嬢から相談を受けた生方。新宿で発生する複数の凶悪事件。共通する「真犯人」を炙り出す刑事魂とは!

南 英男　三年目の被疑者

元検察事務官刺殺事件。殉職した夫の敵を狙う女刑事の前に現われたのは、予想外の男だった……。

南 英男　異常手口

シングルマザー刑事・保科志保と殉職した夫の同僚・有働警部補が、化粧を施された猟奇死体の謎に挑む!

南 英男　嵌められた警部補

麻酔注射を打たれた有働警部補。目を覚ますとそこに女の死体が…。誰が何の目的で罠に嵌めたのか?

南 英男　立件不能

少年係の元刑事が殺された。少年院帰りの若者たちに、いまだに慕われていた男がなぜ、誰に?